奇香花

胡敏◎著

中国文联出版社

图书在版编目（CIP）数据

奇香花 / 胡敏著. -- 北京 : 中国文联出版社，
2025. 1. -- ISBN 978-7-5190-5740-4

Ⅰ. I227

中国国家版本馆 CIP 数据核字第 20240L4N95 号

奇香花

著　　者　胡　敏
责任编辑　王　斐
责任校对　胡世勋
装帧设计　悟阅文化

出版发行　中国文联出版社有限公司
社　　址　北京市朝阳区农展馆南里10号　　　邮编　100125
电　　话　010-85923025（发行部）　　010-85923091（总编室）
经　　销　全国新华书店等
印　　刷　三河市华东印刷有限公司

开　　本　880毫米×1230毫米　　1/32
印　　张　8.5
字　　数　127千字
版　　次　2025年1月第1版第1次印刷
定　　价　72.00元

目 录

QIXIANGHUA

奇香花

QIXIANGHUA

奇香花

奇香花

QIXIANGHUA

QIXIANGHUA

奇香花

祖国啊，您的爱漫出我心

祖国，在我没有家的时候
想起您
您就是那温馨的港湾
您的爱，是那一缕缕飘香的炊烟
令人神往
祖国啊，您的爱一直是我的心暖

祖国，在我漂泊零落的时候
想起您
您就是那缕最暖的阳光
您的爱，是我记忆里
最爽朗的笑声，和谐而又暖心
祖国啊，您的爱一直永驻我心

祖国，在您艰难的岁月里
我们会为您抛头颅，洒热血
逝青春，无悔自己的抉择
我们捍卫您，是我们的职责
祖国啊，您的爱一直漫出我心

祖国，在和平的时代里
您是我们酣睡时的安暖
为了您，我们会不懈地拼搏奋进
带着满腔豪迈

奔向最美的明天
——奔向最美的未来
祖国啊，您的爱一直暖透我心

祖国，在这个举国欢庆的日子里
您是我们依恋不够的母亲
我想轻轻地对您说
祖国啊，您的爱一直满出我心
您的爱，已溢满我心

匆匆过客

我在
现实的社会里
活得忙忙碌碌
活得跌跌撞撞
活得忘记了自己

向周围望去
好像都是忙成这样
反倒是有两类人
看似悠闲
一类是毫无可做之人
因为有太多的不会
一类是很有钱的大佬
可以活得像无事可做

我还属于中间层
需要打拼的那个行列
既不能退场
也不能悠哉
还在拼搏的路上
我似乎忘记了
我是谁，为了谁
我只知道
我正处在奋斗的阶段
我不能停下脚步

这个春天尽管很美
我也只能在路过的时候
用匆忙的眼睛
偶尔驻足
我知道这个春天很美
我却忙得忘记了
我是谁，你是谁
这个季节有候鸟经过
我却在新闻联播中看到
是啊，难道我们
都成了匆匆过客

突然，想用文字取暖

突然
想写一些有温度的文字

放入世间
希望用文字的暖意
暖出你的笑容可掬

突然感觉
有很多人，连简单地活着
都变得不那么容易
只想用文字燃烧成火焰
去暖一暖那些冰冷的心

突然
我想从另一个角度
透视正在发生的历史
看着它在变化、变化
我知道，我无能为力
用心去写
也是一种努力、一个见证

突然
想用文字温暖自己
想用文字温暖他人
想用文字温暖你
这个冬天好不确定
好在，我们可以用文字暖心

年味，已大摇大摆地来啦

元旦，刚过
春节，已经临近
我不自觉地加快了工作节奏
规划出春节的工作量
并及时列出年货购置清单
支付的速度也开始变快
春节，就这样在无形中
推动着每一个过大年的人
加快速度备年货
礼盒、大礼包……
年味就这样大摇大摆地来啦

雪烂成冰

夏天的气温
高于秋冬春的季节
新鲜的东西
可以烂到加速

那秋天，那秋天
不也是将所有的落叶
归于尘土

冬天
照样将雪花烂掉
烂到成水浆
雪烂成冰
也逃不掉
化雪成水的那一天
唯有春天生机盎然
产生勃勃生机
又将希望与春色呈现
是啊
我不怕雪花加速腐烂

我被静湮没在静里

我听到寺庙里传来钟声
咚嗡、咚嗡、咚嗡
那声音好沉、好重、好厚
似乎一下子
就把我从尘世的喧闹中
拔脱出来了

心，被豁然静谧
静静地
与周围的静融合
好静，好静
明显感觉自己

已被静给湮没了

此时，我只知
手指在不停地划屏
心脑已被净化为空气
真不知，此刻
是无我，还是我无
只感觉
我被静湮没在静里

心暖

世界上
最暖的地方
不是火焰
不是太阳
而是心暖

世界上
最冷的地方
不是大雪
不是冰川
而是心凉

世界上
最美的地方
不是山河

不是花草
而是心美

世界上
最伤的地方
不是皮肉
不是筋骨
而是心伤

后来我不敢离开自己

我离你最近的时候
写出来的是情诗
我离你最远的时候
写出来的是相思

我离生活最近的时候
写出来的是哲诗
我离生活最远的时候
写出来的啥都不是

我离自己最近的时候
写出来的是灵诗
我离自己最远的时候
写不出美诗

后来，后来我怕失去你

后来，后来我融进社会最深处
后来，后来我不敢离开自己

让诗去懂你的心情

我将诗撒向大地
大地又给了我新的意境
让诗有了新的圣地
那一个个不同的故事
正是我抒发诗的源头

我把诗撒向天空
天空中每一种飞翔
都是我诗里的主角
让我在诗的天际
有了无尽的翔游

我与诗的缘分
如心与手的默契
诗与你的缘分
是听与读的感觉
然而，我们都会因诗
而成为真正的朋友或知音

无论，我写多少首诗
诗都属于读者
我把诗撒向全世界

诗就成为了天下人的诗篇

来吧！每一个闪烁的灵感
来吧！每一个美丽的精灵
来吧！那灵魂深处的你
让我们飞舞起来吧
将天上天下
都种上我给的诗魂
让诗成为你的幸福
让诗去懂你的心情

与时俱进者的优势

现在的人
一天不学习
就有种
被社会淘汰的感觉
一天不关心时事政治
就有可能
成为孤陋寡闻者
一天不做事
都有可能
成为出局者

你明白了吗
此时的与时俱进
是真的让你成为领跑者

请问，你准备好了吗
你是否已经在领跑的路上
跟进的队伍里是否有你

就在此时
与时俱进者
才是最好的王牌
可以
看到俱进者的优势

诗会站起来说话

当你遇见诗，你会发现
人类，还有这么美的东西
让你惊喜

当诗遇见诗人
诗便有了恋人
诗的语言，诗的描述
诗的热情，诗与诗人之间
已爱到难舍难分

当诗与音乐
与朗诵者相遇时
便产生了
无与伦比的美轮美奂
诗有生命

诗诞生于世时
诗会站起来说话

四月，春已成定局

四月，春已成定局
大地，已铺满了鲜花和翠绿
香气恣意地到处乱飞
此时，已可以忘记冬冷
春天的气氛已经很浓、很浓

此时
大地正在欣欣向荣
盎然生机
花开正浓，草叶更盛
该开的花正在怒放
该舒展的叶正在展开
那早晚都有花香满溢
恰显最美四月天

此刻，去告慰
逝者安息，生者朝气
冬已没落，春已生根
天意绝佳，清明诞生之时

女人的贵气需要自己给自己

美丽需要自己发现
由表及里，由里及表
让美丽在心底生根发芽
美丽便会自己开花

贵气需要自己培养
由内而外，由外而内
长出一身智慧
那样的你，谁都敬仰

美丽需要自己发光
由外而内，由内而外
散发出自信的光芒
那样的你，谁都喜欢

美丽需要自己动手
更需自己动心
呵护出来的美丽
要用百般的努力
那样的你，看起来很美

女人的魅力，需要自己给自己
女人的美丽，需要自己给自己
女人的贵气，需要自己给自己

闭上眼睛，凝视这个社会

我不再急于表现
因为，我知道
我要走的路太远

此时的我
整个身心都很安静
因为，我知道
我要走的路很长、很长

我不再为一点小痛
而大呼小叫
也不会为一点委屈
而难过流泪

是的，我已不会为伤心落泪
而是会为激动、感激
不自觉地流出泪珠儿

我的坚强
足够体现我的意志
而这
也正代表今天的我
与过去的自己有着天壤之别

我闭上眼睛
静静地凝视这个社会
凝视我内心的世界
凝视我的所遇
很安静又很平静
仿佛云一样地存在

我静悄悄地窥视着这个世界
又若无其事地
将这一整晚的觉睡得很熟
还有把每一顿的饭吃出香味
似乎，我就有大赚一把的感觉

事
还在浪头上漂浮不定
做事就认真投入
做好，就是我的更自由

预告，这几天有雨
我很平静地透过窗户看向天空
春天，万物也需要雨水
来复苏整个春天的脚步
我仍平静地期待这个春天
同样会有百花盛宴光顾此春
我安静地等待这场春盛

我的灵魂被书美丽过

世界上最伟大的灵魂
都在书中
我将自己埋在书海里
相遇不一样的伟灵
在书的国度领略博大的感知
否极泰来
我的灵魂被书美丽过

世界上最智慧的人
都藏在字里行间
我将自己放入文字里遨游
相遇不一样的慧根
相见不一样的慧果
在书丛中
发现不一样的智慧
不一样的感悟
我的灵魂被书美丽过

世界上最近的距离
是没有生与死的界限
书中的灵魂
个个都活灵活现
那灵魂与灵魂的对白
可穿越所有时空的距离

QIXIANGHUA 奇香花

那一次次的震撼
觉醒了沉睡中的我
我的灵魂被书美丽过

世界上最美的风景
不光要有爱人作陪
还要有书做伴
洞察万物心如明镜
灵魂深处
每天都是春暖花开
有书的地方风景最美
我已谨记
书是我最忠实的知音
我是书的铁杆粉丝
我的灵魂被书美丽过

让生命没有辜负

你是我今生最美的遇见
我放下了名，放下了利
就是放不下，对你久久的依赖

生活因你而精彩
爱在纠缠中发现热爱
人生因你而美幻
诗在温馨中变成彩带
生命因你而备受青睐

心在托付中有了色彩

我为欢乐代言
阳光
始终在生命中大放光彩
乌云早已烟消云散
春天早已迎来花开
眼落成诗
灵魂在心房里安详自在

你是我今生的依恋
即使阴云密布暴雨狂泻
那也只是老天送来的喝彩
躲不掉又何必抛开
接受了雨水的灌溉
滋润大地万物情怀

我不揽忧伤入怀
不让烦恼再来心间
我是我，可以抵御
也可以接纳的天籁
让阳光和空气同时进来
让生命没有辜负
远离无奈

QIXIANGHUA
奇香花

我爱行走中的自己

我喜欢，行走中的自己
这会让我看见不一样的风景
感悟不一样的心境
体验动态中的我
与崭新的世界发生和谐
带上智慧一起行走
会让心情无比喜悦
用脚步，将不同的风景装进眼睛
让眼舒服，让心舒心
我爱行走中的自己

行走的人生，可去惰性
可去狭隘，可平定浮躁
可多览沿途风光无限
在行走中收获快乐
收获健康与开心
收获不一样的成长历程
收获不一样的地域风情
让花开有香、听水如曲
让行走中的我囊括美丽
将世界走成自己喜欢的记忆
让心舒畅，让眼满是笑意
我爱行走中的自己

走自己的路，开自己的花
结自己的果，爱自己的人生
与时光，在同一条跑道上风生水起
你会发现，走向哪里都是美丽
将世界走成自己的风景
让眼丰富，让心满是欢喜
我爱行走中的自己

命运的馈赠

命运
当你握了一手好牌时
比如
出身在经济条件还不错的家庭
你千万要用这个优势提升自己
而不是去浪费这样宝贵的资源

命运
当你握了一手烂牌时
比如
各个方面都无比不如意
你千万要记住一句话
去将一手烂牌打成一堆王炸

命运
当你很幸运地来到幸运里
由坏命变成好命时

你千万要将好命过到更好上去

命运
当某一天
你从好运掉进了坏运里
你千万要记住
你可以让自己重新回到好命里

人生就是个人生
你对它笑
它从不会亏待你
只要你勇敢地去改变
命运总会给你无尽的喜悦

天上天下都是路

路无须笔直
所有的拐弯处
都有另一番景象
天上天下都是路
怎么走
应该自己说了算

人生之路
无须太过平坦
途经坎坷过后
总是令人难忘

偶尔的不平
不也是一番风景

男人需担当
女人更喜善
而那些心胸开阔的男人们
和能独行天下的女人们
却更有很多征服的魅力

晴天多的时候
我会站在大地上等雨
雨天多了
我会拒绝出门
好像，心最懂得适中这事

再大的事
都要心平气和到无事
再小的事
也要懂得时刻控制
心已经踏实到
与大地脉络一起跳动
与天际星辰一起运转

触摸时代的脸庞

我开始关心
我今天的生活

是否配得上
我今天的心情

我开始注重
我今天的心情
是否配得上
我今天的生活

我今天的行动
是否与未来的目标相匹配
我未来的自己
是否与今天我的行动有关

我不再间接我的人生
而是直奔我人生的主题
这就是我
直接参与了这个时代

我坦然沉浸于这个时代
真实沐浴这个时代的阳光和雨露
并去触摸这个时代的脸庞
感悟这个时代的筋骨

用还年轻的语言
留下这最葱绿的记忆
用还年轻的面容
留下这未老的容颜
在这样一个悠闲的日子里
我做了一两件有趣的事

你的善良会让人想念

从认识你
那一刻开始
你就那么特别
一脸的淡定与从容
还透出一份真挚的面容
与周围的人群
形成了鲜明的对比
好在我没有在意更多
只动用了
我第一印象里的你

从交往开始
你满脸的喜怒无常
又特别的普普通通
真没引起我太多的注意
因你是你，与我无关
也就不必大费心思

从那一刻起
对！从那一刻起
我真切地感知
有一颗真诚的心
在悄无声息地发出善意
这样的场面好让人感动

我才开始回过头来
正视你的存在
原来，善良的你很可人
已让我
从心底发出最真的好感

从此
你是衡量一切善的标准
善会给人安全感
善会让人感激
善会让人想起
善会拉近你我的距离
从此，你的善
就是盏发光的灯
深深地吸引了我的眼睛
是啊，善会让人从心底发出感恩
无论后来的你，又去了哪里
我相信，你的善良会让人想念
善良的人
无论到哪都会有人想起你

因你的一个小小善举
让我认识了不平凡的你
这让我愿意为你回忆
愿意为你祷福
如今，第一印象里的你
仍清晰可见
这是善的魅力
这是爱的慈悲

是啊，谁都愿意在善的天空
享受那份美妙的安逸
好久不见，也会想念
恳请岁月好好善待你
因善的祝福也会回旋

在天堂写诗寄给人间

我只管写诗
诗写得好与不好
还是留给那些批评家啊
赞美家啊
鉴赏家们吧
没有他们的存在
诗就没有了
多种口味的功效
无论他们
将诗评论成什么样子
我只能在活着的时候
采取适当的辩解与维护
如果死了
也就管不了那么多啦

噢！趁活着的时候
还是由着自己的性子
想写啥写啥
想干啥干啥

想说啥说啥
即便某个观点错了
也没关系

在活着的时候
错了，还有纠正的机会
如果，某一天真的死了
不是如果
一定会有死去的那一天
无论自己有多大的错误
或多大的正确
都与我没多大的关系了
真死了
在天堂写诗寄给人间
也不大可能收到啊
除非，除非
在梦里
我会偶尔光顾有缘人

管他呢
活着的时候能写就写
死了，再后悔也没用
波澜不惊地活着
再波澜不惊地死
没人评说，死了也会寂寞

趁活着的时候
将能说的都给说出来
需要解释的都给解释清楚

免得给后人留下不解之谜
成了，是活人的遗憾
又是死人的遗憾
反倒给后来人
留下了一堆麻烦
让一代代考古学家们头疼呀

还是
清清楚楚地来到世间
再清清爽爽地去向西天
活时明明白白
死时坦坦荡荡
让思想冒险家们
都能有个最好的灵魂归宿

一笑嫣城，再笑嫣世

你的爱
已被我写出了皱纹
那褪了色的书页
也染成了哲学色

古老的情话
已写成考古的课题
那小心翼翼的爱情
只为彰显真挚的本质

翻开老去的历史
让文字
在你我之间惊世回轮
那默中带契的史诗
在今朝
还有多少情诗尚未写尽

寻净土一方
只因有你
睡也无事，醒也无事
想也无事，做也无事
相无事事，得净高全无之境

都说，我的笑很美
一笑嫣城，再笑嫣世
柔软于心，怦然几时
你赏我时
可有怜香不散之意
愿得我一人，几世莫相分

做个对生命有准备的人

已走过的路可以回来再走
却没见过已走过的人生路
可以倒回来重走
因不能回头
人生只有一条向老的路

请走好自己的人生路
到了尽头就是生命的结束
这是一场真戏，没有预演的镜头
每翻过一页都将成为往事

只要今天来了
就笑脸相迎
不要把自己活成
生和死之间没有一点区别
只要活着
就应该在思考中奋进
让每一天的自己
都是一个崭新的我
在总结中思索
在思索中活出活着的意义
把自己活成天天都是头版头条
那样也挺炫
是对生命最好的尊重

人生只有一条向老的路
你想怎样走完
这样一条专属的路途
需要认真琢磨透
不然，浪费了生命
才是人生最大的失误
只要明天如约而至
希望和幻想就应该在前头

那是人生的航标线
行动一定比想象更重要

今天要么去学
要么去做
努力扬帆尽情发挥
所谓自得其乐
应是搏击后带来的快乐
当期待成为所能
让所有成为荣耀
去做个对生命有准备的人吧
人生只有一条向老的路

给自己的人生浇一点水

也许，你的种种努力
只为证明那些毫无价值的认可
而这些都像是为别人而活
走不出众生的眼睛
不管怎样去在意
心还是荒芜得像个沙漠
你不屑的眼神告诉我
世上没有什么比自己更重要
因你的品质一直耀眼如明珠

当一切对错都被验证
那个真实的你

已开始转身
留下一盏孤寂的明灯
随着你远去的身影
光已将你的影子拉得很长很长
然后，影子也消失得无影无踪

结果令人失望
虚拟的内心更加虚无
在这样一个傍晚
我一个人漫步林间
这脚下弯曲的小路啊
多像每个人的人生
蜿蜒曲折、曲折蜿蜒地伸向远处

时光每时每刻都在飞逝
在光阴里的人们啊
有的正在变老
有的开始年轻
有的刚刚降生
清醒的时光不会为谁逗留
只有开拓者的勇气
可以让自己的心田四季如春
四季花开
四季果丰
四季光明如峰

我在流逝的光阴里
挽留着自己的憾悟
用一万首小诗的愿望

抒发我的这点心事
也仅仅证明
我曾来过这个地球
在某个不起眼的角落
一直心存感怀
用自己的方式
开辟一片新的天空
以一个开荒者的身份
给自己的人生浇一点水

天涯上的泪珠

一滴眼泪
落入长江
便成为长江的流淌

一滴眼泪
落入小溪
便成为小溪的漪涟

一滴眼泪
坠入大海
便成为大海的巨浪

你的一滴眼泪
滴入我心里
怎么就成一场美丽

你说，那是激动的浪花
你说，那是天涯上的泪珠
会思念地上的小花

我问我

我问我
是我，先认识了世界
还是，世界先认识我
我说，是我先认识世界
然后，世界才开始认识我
好吧，我先从了解世界开始

我问我
是世界，先认识我
还是，我先认识世界
我说，是我先认识我
然后，才开始认识世界
好吧，我先从自我认识开始

我又问我
我到底是先了解世界
还是世界先了解我
我说，我就是世界
世界就是我
好吧，我是世界，世界是我

荷啊，你是夏天里的主角

荷啊
你已美得让我找不出
更美的词汇来赞美你的清纯
这可如何是好
切莫怪我才疏学浅

荷啊，每年的夏季
都是你那美仪天下的风采
百花也只能选择在春的四月
就草草结束它们的花期
为避开你的美艳绽放

荷啊，你是夏天里的主角
已无花与你争艳
你美丽中的旖旎
会让整个夏天
变得格外清新迷香

荷啊，你可知道
你每一次的美丽绽放
都所向披靡
征服所有游客的目光
迷倒众多闲情雅士
只见那些神魂颠倒的人们

已不知如何悯爱你的模样

荷啊，因你的到来
我又爱你如初，百爱无厌
是不是那些美丽的爱情
都是你的初始化身

荷啊，每次我都用心
把所有最美的词汇给你
可怎么
也概括不了你的美艳
怎么
也形容不了你的清新魅惑
怎么
也表达不尽我爱你时的心意
荷啊
难道你真想让我为你诠释终身

荷啊
你是一场场赞美不尽的凯歌
你是一次又一次的美丽再生
你的清新魅惑
不光在今生今世
不光在来生来世
那些文人墨客们又能拿你怎样
还不是在赞叹后
留下赞美不尽的语憾
而你，依然是你
永远都在演绎属于你那

轰轰烈烈的绝伦美剧
在这个夏季自然登场

躺在脑海里游泳的女人

那些，随手可摘的星星
和这个熟透的月亮
连着我的念想
放入静谧处供我赏玩
行走在思念的路上
满心的欢喜已入夜深藏
这溢出来的幸福啊如水般流向寂静的幕夜
那每一刻不停的思绪已在梦里绽放成海浪

那些，那些
偷偷掠过又捡起的美丽呀
在记忆里又成了我的妄想
骨子里残留的斑驳
已被岁月枯荣成颠沛流离的模样
那些不舍的想念
也在血液里渲染成绿色的光芒
那些匪夷所思的尘念
到底还私藏多少忧伤
为什么，让我在不停地寻找答案
那些隐藏太深的源头
注定用完一生也找不出答案
非要将秘密放在海枯石烂里糜烂

那些难解的答案尚未解放
又有新的谜团供你促谈
问题已被上帝
撒在每一个角落里隐匿出神秘
我是否能做个躺在脑海里游泳的女人
让长在心里的诗句
到了秋天都变成饱满的果实
我疑惑着晨光里的烈阳
在这个每天只有一次的清晨
到了明年就成为此时此刻
让一次次情怀在胸中启航直发
让所有的路途，都因到达终点而显得路短
让所有的湖泊海川，都因到达彼岸而搁浅
让所有的高度，都因到达顶峰而成为鸟瞰
没有什么地方可以存放抱怨
让那些一厢情愿都随风飘哪
与我无关

问问又再自言自语
那些没有年轮的青春
到底都由谁在掌管
明知走过的峥嵘岁月
已衰老成桎梏
却仍像初见般在那喜悦又惊诧
我的青春也在始如从前
却又给出
一场场意外巧合在那惊讶
让我瞬间相信

这世间所有的相遇
都有预设的功能为今后的相逢
让我们在邂逅时只需相视笑纳

心是自己的梦乡

从坠入尘世起
你就为了寻觅
哭泣是你的心语

从你记事那天起
你就萌发寻觅
寻找那个可以
安放心的故里

长大了
你开始彷徨
不断否定
心能安放的圣地

你开始困惑
常常痛苦不堪
始终孤独着
在漫长的岁月中
常常遍体鳞伤

可你

可你还是渴望心归故乡
存放心的地方
你继续寻觅
寻觅那个安放心的梦乡

这是一条艰辛的路殇
坎坷　无奈　徘徊
无处不在地挫伤
戳伤那颗
原本脆弱的玻璃心房

你执着寻觅
历尽沧桑
在这条寻觅的心路上
伤痕累后
已蕙质兰香

你经历着无数次
摔碎了的　心的忧伤
竟然也学会了躲藏
寻求一份宁静
为受伤的心灵疗养

你朦胧感知
心有故乡
茫茫心海中
心不靠岸就会彷徨
犹如水中的漂漾
孤独地漫无边际地漂荡　漂荡

QIXIANGHUA
奇香花

你还在寻觅　在寻觅
寻求那个可以安放心的地方

你多渴望那个港湾
让心有岸
心需安享
给心一个自我修复的地方

你忘了　你忘了
心是自己的故乡
你忘了　你忘了
心有自己的梦乡

将过去活成了一张白纸

人生的旅途
走了这么久
却发现
还是一个人在那
苦思冥想着
没有任何意义的事

看上去
遇见了很多人
却发现
过去的最容易遗忘
有的已在记忆里

淡忘得一干二净

看上去
做了很多事
却发现
好多事
都做得毫无深意
更多的是
已感觉浪费了过去的生命

看上去
让你爱得死去活来的人
到了后来
却发现
连回忆都懒得去想

有时候
真不知是岁月无情
还是人心太过易变
竟然
将过去活成了一张白纸
到了后来
连展开它的欲望
都懒得去触及
只想折叠起来
如同什么也没有发生过
不也轻松愉快得很

我不畏你，山便不高

再难的事
只要自己不畏惧
都会变得轻而易举

再烦琐的事
只要自己有序
都会迎刃而解成有条不紊

再大的事
只要自己沉稳
都可做到游刃有余

人通过做事
才能历练出
一颗最坚强的心
最有自信和能力

那些最难做的事上
长满了智慧的结晶
需要你在攀登中撷取

超前谋划稳妥相迎
那到来的各种挑战
是主动赢得人生的先锋

在大是大非面前
最需要一颗清醒淡定的心
去破解一切难题

是啊，我不畏你
山便不高
我不怕你
你就渺小
强大便由此而生

遗漏的执念

很想走近小溪
去触摸水花的清纯
可身边竟找不到
一处流水的游柔
只好
打开水阀触碰出水珠

很想走进沙漠
去感知尘沙的侵袭
可脚下是挪不动的平原
那荒漠的凄美
只能放在想象中旅行

很想迈向高山

去感叹
脚踏山巅时的豪情
可尘封
已将我粘贴在
这座城市封存
瞭望与俯瞰
也只有在沙盘里完成

很想亲近自然
哪怕去触摸一片草叶
可周围到处都是水泥的覆盖
真想将自己让路过的风捎走
由它任意吹向任何一处
来满足那个自由的心愿
让诗意在至死不渝中挣脱
奔向遗漏的执念

很想走近小溪
去触摸水花的清纯

让阳光走进你的黑暗

你的冷漠
多像冬天的冰山
不仅坚硬
还很冷淡

我怀念
你的从前
不仅温馨
还很温暖

我无法接受
两重天的你
如同
一位来自天堂的神灵
一个来自地狱的魔鬼

真想撬开你的冷峻
让阳光走进你的黑暗
一半暖你
一半暖我
化尽你所有的冰川
让生硬的你
从此
流水潺潺温如澜湾

每一只蝴蝶都是为花而来

别对说我
你已失去爱恋的机会
在这个季节
哪儿都蕴藏着无限的美丽
你看

在这隐约的花丛中
蝶恋花的样子
难道不是一种妖媚

我相信
在这个破茧成蝶的春天
每一朵花都在尽情怒放中
等待一世的相约
每一只蝴蝶都是涅槃后的精灵妖姬
为了一场爱的赴约

我也相信这个季节
每个生命都是一个精灵
每一只蝴蝶都是为花而来
每一朵花上都留有蝴蝶的唇吻
每一个精灵都是上帝的使者

我相信每一个春天
都在兴奋中涌动着生命
会有无数个天使降临于春天
为了完成一场春的使命
尽心装点
这个季节的景色迷人

我相信
那一个个美丽里
都蕴藏着拼搏的精神
来丰富春天里的故事
那挣脱出来的美丽啊

骚动着顽强永存的魅力
在一场场美丽中胜利
在胜利中收获美丽的成熟

看！这只裂变后的蝴蝶
从茧子里爬出瞬间
看到的是绿色的叶子
自己的羽翼
还有好大的天空
看！那些怒放的花儿啊
好像是我来世的由因

我的心情
随蝶飞入花丛
那朵朵花儿啊
都在怒放中等待我的吻
这亿年不变的恋史
已成为我们不朽的爱情主题

我迷恋花的美丽
花等待蝶的亲昵
在这场场相约中
让蝶儿们记起了
来世与花形影不离

花儿啊
我想代蝶问你
我们之间
到底发生了什么

让我在这个春天
记起了所有美丽

让朗朗笑声回归人间

那朗朗的笑声
已经开始变得稀少
或稀缺

因为她不开心
也不快乐
怎么能容忍
听见他人的笑声
好像她的心里
装的全是苦大仇深
怎么能接受爱快乐的人呢

在这样一个环境里
即使你很快乐
也要装出
几分被怜悯的样子
才能被她接受

为了开心地活着
我索性只与我相近的人相处
这样聚在一起
能释放出笑声

可以将笑声给释放出来

我突然
想起那朗朗的笑声里
充满了纯正的情怀
心里顿觉
那种朗笑充满了
书香文厚之气息
为了，这朗朗的笑声
我们爱笑的人要聚在一起
去朗朗地大笑
让笑声朗朗回归人间

书在沉睡中死了

书在阴暗的墙角
待得太久、太久
以至于
忘记了它的存在
书也开始困倦
睡着了

慢慢地　慢慢地
书变成了烂黄色
潮湿
也过来侵蚀
书在沉睡中死了

书
已开始腐烂变黑
黑湿湿的不能阅读
看着
它变异的模样
除了可惜
更多的是自责

书，这东西
也是个感情物种
你越亲近它
它就越发鲜亮夺目
你忽略了它
它就送给你彻底失去

让力量成为一种能量

在努力中活着
精彩，就会光临到你

在认真中活着
总会在不小心中
将美丽收获囊中

在真实的世界里
铸造出极精致

51

你的美丽
就会越来越多

认真
走好每一步
每一个脚印
都会告诉我
可以抵达
任何一处想去的地方

活着
就要让自己有行动
而那种行动
必须是让自己有力量

当力量，成为一种能量
你就会生机盎然
蓬蓬勃勃　跃立于峰巅之上
荡漾在大地江湖河海之中

前方已落在身后，远方已落在脚下

小时候，盼望自己快点成长
等长大了，一定要去远方

无论，那个远方有多远
有多未知

只要想到远方
心就开始兴奋不已

就这样
揣着满怀的期望向前追赶
追寻渐近的远方

渐渐地，渐渐地
远方已没有了吸引力

这才发现
前方已落在身后
远方已落在脚下

我不想驾着唐朝的古诗入城

我不想驾着唐朝的古诗入城
也不想乘着宋代的辞赋进殿
我有漫山遍野的格桑花
我有四季的美景任我信手成文
我有自己时代的故事需要感慨
用我的眼光，去赏析你的世界
也欣赏我的世界
山还是那山
月还是那月
你的诗韵，我的诗风
会在同一座山涧遇见

只是
不见你唐风的身影
不见你宋词的凄惨

如今
我站在我的时代
赞美我的花好　月圆
带着不倦的情怀
舒展我的感慨
山还是那山
月还是那月
对遥不可及的将来人
后来者，仍会继往开来
山还是那山
月还是那月
天还是那天
时光向前，万物皆变
过客匆匆，催人迭代
山不老，月未换
景已寞，花千变

生命无比美炫

站在现在的角度
总感觉从前的我
有着过多的幼稚
存在更多的不成熟

凭心而诉
我更欣赏现在的我
而不是从前的那个自己

尽管那个时候的我
有着很多美丽的冲动
但仍不及现在的我
从从容容，淡淡定定
并能安安静静
又不失自我
此刻的我，更让我欣慰

此时，只知
天大，自己都能感觉出
地大，怎么走动都可以
这些来自内心的欢喜
给了我最好的见证

我无比珍惜，这样的时光
又无比清晰可见
这些美丽如此楚楚动人
这样的世界
我无比留恋也无比享用
因它让我真切感受到
这样的生命无比美丽
而每一朵花，也应如此

天意人生

暗香涌动
品一阕澜香
灵犀一动
瞬息
得心一悸
美丽了谁的平凡往昔

一杯清茶
一首晨曲
一份精致
温柔了谁的光阴
咀嚼了温馨相随

昨日，不经回眸
蹉跎了岁月脚步
一偶遇
一转身
一刹那
又蕴藏了多少是是非非故事

烟云即逝
流连忘返了
谁的一梦千思
眉宇轩逸

琼浆花絮
终归宿命有天

笑谈那点心思
善莫大焉
又有谁逃过了天意人生
一笑了之
波澜不惊
前方，路长漫
留足等你的时间
等你

海葬

我曾试想
没有呼吸的沉沦
如一颗玉坠
在海的最深处
滑翔成入梦般的美丽

我曾幻想
没有呼吸的沉沦
用海的浪花
柔软飘逸的发丝
让大海成为我的墓地
让灵魂在海水里涅槃

我曾醉想
没有呼吸的沉沦
在海的最深处
有一片像爱情海里的传奇
入海瞬间
便产生一场室美的海葬

我曾奢想
没有呼吸的沉沦
让海浪淹埋身躯
让生与死的刹那
灵魂在海水里完成
一次死亡
一个回生

这是一次伟大的壮举
让生命有穿越的魅力
如果，如果没有轮回
真实面对死亡，那又有何妨
海有胸怀
海的底部应是安详的圣地
无风无浪
即使，沉睡亿年
海也会在心底
给你一个安详的空间
除非海真的到了
石烂海枯的那一刻

冷色的美丽

忽然间
我开始
迷恋冷色的美
难道是那
悬空飘飞的红叶
带出了婉约如诗的画景
还是这脚下柔软的枯片
给了秋色凄楚的美遇

现在
我开始迷恋
这冷色的魅惑
难道是那
前方走来的冬天
已带来了冰的寒暄
还是
这冬的雪莲已整装待命

空气里灌满了冷风
悄悄地点缀着
这个季节的冷静
我开始陷入
这冷艳的陷阱
开始着迷于

这冷的力气
开始懂得了
这冷色的魅力
而我，真的开始迷恋
这冷色的美丽

老天泄密了

大概，雨来了，云知道
大概，云来了，风知道
大概，风来了，你知道
大概，云雨风都来了，天知道
还有，现在的卫星，也知道
噢，已经不是老天泄密了
现在人的智慧，也已超过云的高度

菩提树又要开花了

一个浅浅的灵魂
多像地平线上的草
怎么也扎不进最深的泥土
树就不同了
只要长在大地上
根就可以延伸到永无止境
天生的种子，不是麦子与豆粒

QIXIANGHUA
奇香花

却成为天际中一颗璀璨的星星
菩提树又要开花了
它说，它的梦想是千米深的根
开出来的花要与白云媲美

没有你的日子

没有你的日子
云儿
飘得不够优美
水波
荡漾得没有了雅致
浪漫
进入了冬眠期
世间
只剩下空虚值勤，冷清值日

没有你的日子
百花
瞬间凋谢无香
轻风
拂面如此无情
阳光
顿失明媚
大地
沉沦没落

没有你的日子
经济
进入萧条
股市
跌谷探底
货币
开始贬值
日子
变得紧张难忍

没有你的日子
心是否会笑
梦是否能飞
我是否无寂
生活是否还有美事

总有
一些难解的柔情
温暖了诗里的画意
唯美了整个冬季

幸福时刻占线

我知足的心
是与我的过去
比较出来的

QIXIANGHUA
奇香花

我的满足之意
也是与我的过去
比较出来的

包括我的快乐
和我的幸福
也是与过去进行了深度比较
得出最开心快乐的心境

可能
是我的过去太过苦难
才让我在最小的快乐中
得到最大的快乐
在最小的幸福里
得到最大的幸福体验

或者说，那种感知
就是幸福里没有恐惧
快乐中没有烦恼
开心就是无忧无虑

当拥有足够多的美好时
苦难的过去
就萎缩成
一个不起眼的影子
已可以忽略不计

是啊
人生就要让美好多多发生

幸福时刻占线
快乐不请自来
开心久驻心间

她在灯光底下逃亡

那个女人好复杂
被命运折腾到
心里揣着十匹野马

她在不甘中
托起一丝希望
又被命运眷顾到发起了光亮

是啊，之前
她是在灯光底下逃亡
用野马的心奔腾在江湖
又用卑怜的情绪
控制着自己的诗和远方

她的心多像是被撕碎的海浪
一时波涛翻滚在潮头
又像是云雾翻卷在云端之上
去聆听海风的音符是否和谐

她小心翼翼地
数着手中的尘埃

QIXIANGHUA

奇香花

一粒是乡尘
一粒是城埃
一粒是不确定
又确定的自己
突然她将手中的尘土
放下
任其亿万年不动

此时
她已将心带着走向远方
寻得一个安静的地方
放下
再醒来时
已是另一番景象
得一世的清醒
放在每一个黎明成为朝阳

真理的蓝图

每一次的看破
都是一个警醒
每一次的看透
都是在告诫自己
有些人
不值得去付出

还是

留些好心给自己
用自己的心意
为自己做些更有意义的事

遇见对的人
怎么付出都很值
遇到错的人
怎么付出都是错

向前走的路上
该放下的毫不犹豫
该珍惜的绝不错过

有些人的存在
就是一个多余
有些人的存在
就是一份大美丽

我只适合
在好的环境里认真成长
不再相信坏的环境
也能带来好运的谬论

没有见过好的人
很难想象出好是什么
只有见过真理的人
才能描绘出真理的蓝图

QIXIANGHUA
奇香花

诗有殿堂

是冬
酝酿了我的诗梦
在冬天里的某个晨曦
我拿起了写诗的笔
抒发着
来自灵魂的召唤

是春的暖风
给了我温情的抚慰
在春天的阳光里
我的诗作
就这样开了花
是春天引我走进
一条幽幽深深的诗径

是夏的火热
让我疯狂
几度为诗如痴如癫
如癫如痴
让我在诗的花园里
醉了又醒，醒了又醉
竟忘记了
我是谁？我从哪里来

是秋的凉风
一阵阵吹来
唤醒了我浓浓的睡意
我发现自己
已经在另一个世界里存活
是那一颗颗热情友善的心
牵引着我
走向了，去往诗意殿堂的路

我会笑着看世界

世界没有一天是安宁的
只有自己给自己找安宁
世界没有一天不浑浊
只有自己来沉淀清澈的心灵
世界没有一天是安静的
只有自己将心放入安静的地方

世界每时每刻都在变化
只有自己
去寻求那份永恒不变的信念
世界，我不惧怕你时
你也只能躲开我的坚持
世界，我爱你时
你也只能捧着鲜花欢迎我
世界，你每天都是善恶不分
我只好自己擦亮眼睛来分辨是非

QIXIANGHUA
奇香花

世界，你拿我没办法时
我拿世界也没办法，只能去适应你
世界没有表情
而我会笑着看世界
直到有一天我被你催促着老死
而你还是那个世界没变
可我已经将灵魂
落在了这个世界与你抗衡

用手指敲打这个世界

岁月
并没有给我两手空空
而是两只手不停地忙动

时光
也没有来去匆匆
而是将每一个万事万物
都推向时光隧道进行规律
掠洗出岁月斑驳

我这其中一物
也只算是来过又留痕迹
还有什么
不能在这样的岁月里
想啊想不开

从又笨又蠢的样子
来到这个世间
又用又蠢又笨的方式
折磨着自己的人生
直到醒悟或无醒悟
又匆匆离开

难道
这不是上天的刻意安排
阳光始终熠熠生辉灿烂明媚
黑夜仍有月亮时伴时歇

我始终
用手指敲打这个世界
心脑又同时发问
我为什么要质疑这个世界
又从中找到慰藉自己的灵魂

我在毫无章法的世界里
梳理出规律的路线
用本就存在的章法
继续追寻严谨的梦想马不停蹄

我在岁月中
已不再胡思乱想
而是孜孜不倦
勤而有闲又有音乐
却最能抵御岁月寒风

我为脑袋腾出巨大巨大的空间
为了在岁月中轻描淡写
我在心中放下万水千山星辰宇宙
为了有个无尽的历程可供航行

只要活着就要创造
已是每一个物种的事业
只要活着就要创造
也是我一生的事业

你看
花儿越来越香美
我应该比花儿更加鲜艳
在岁月的路上一直美丽

笑纳天下

此时
在物质丰富面前
在没有痛苦之后
在毫无纠结之时
我已没有丝毫牵绊
世界已不再为难我
障碍都消失得无影无踪
仿佛
上天放过对我的考验
我获得了

上天给我的自由无思
不再伤感
不再愤怒
不再思念
活得像个佛祖
仅保留慈悲为怀笑纳天下

信念早已将苦难排除

如果
你的道业不够
你说出来的就是笑话

如果
你的智商不够
你所描述的痛苦都是愚蠢

如果
你没有勇气改变
你的人生有多可怜
而又不值得同情

如果
你不敢改造自己
那你不会有出头之日

即使沾了谁的光

但如果
你不会借着光亮奔跑
那你仍会被黑暗吞没

苦难算什么
只要你有足够的智慧
信念早已将苦难排除

活着的理由

有些事
我不想说明白
是因有太多说不明白的事

有些事
我说明白了
你又未必能听懂

有些事
我不说了
你反而已经
知道了我的意思

有些事
我根本就说不明白
自己也不会懂
你又何必难为我呢

而有些事
确实就这么糊涂着过
这就是日子
这就是生活中该有的真实

你难道
因为弄不明白
就不过了吗

不，人生只要有
一两样可以喜欢的东西
一两位可以说话的人
你就有必要认真地活下去

梦开始揣摩我的心事

大脑
已经开始
会做复杂的梦了
自己在那演绎
我都感觉好复杂的梦

每一个细节
每一个人的表情
每一句
仿佛与现实极为接近

感觉
像是一个很靠谱的梦
意思已经表达得
与现实毫无差异

场景
也能勉强地
与现实相匹配
但，它真的就是一个梦

让醒来的我
感觉梦是梦了
可梦里的那些意思
真实地落在现实生活里
让我
不得不去思考与应对

梦也开始
揣摩我的心事
到底还要注意些啥
可现实的我
一直在按部就班般地
去完成一件又一件事

我知道
这个假期爱上悠哉
我需要加大运动量
让自己没时间做梦

只有很香很香的眠香

天律

没有谁
可以阻止
这股飓风

躲开吧
怕你在风中受伤

你看
龙卷风
摔出的愤怒
足以扫平天下

飓风
在发泄后
收起了狂暴的脾气

尽管很快
又出现风和日丽
可那满地的狼藉
仍留下惊愕一幕
似乎，点醒了一场天律

我的换道超车人生

换道超车也成为我
可以选择
可以跨越
可以超越
可以成就的一种方式

我接受了
这种模式
并习惯
我的换道超车人生

你说
还有什么可以惧怕的呢
不就是向着无谁超越的地方飞奔
然后
成就那样一个无谁可比的时段
写入历史的长河成为经典的故事

好了，好了
我习惯这种无人可比的感觉
那里除了胜利的成分多些
还有无比骄傲的喜悦

这不就是人类的历史吗

用人超越人
用事超越事
用技超越技
在人类的灵魂史上
用智超越智的结晶

朝着更高维度飞奔而驰

每天
可见的量化指标
在作品产出过程中展现
那些个性指标啊
体现在作品的数量
作品的质量
作品的时效上
以及
很好的作品成本控制

这时，这时
我看到了社会效益
看到了可持续性效益
和读者的满意度
都呈现出效果显著
我成功地
将我创造的作品送上优异

是啊

无论是现代文明
还是古代文明
都是我的向往
我喜欢在
高度文明的环境里
去看待我的所遇
与周围的环境
可否形成天然和谐之优胜

我终于
可以继续向前迈进
那永远的突破
是我升华的阶梯
我会在我的世界里
进入四维五维六维的空间
去看那些未知
顺便看看各维度的风景

我拿着自己维度的钥匙
打开每一个维度的空间
朝着更高维度飞奔而驰

是啊
这是上天设计好的游戏
每个人都必须
自己打开自己的维度大门
让自己的维度在自然中升级
噢，我的经济效益也需要开启

历史的狼烟

在这个
分裂加速的年代
撕裂正在进行时
我在这场巨大的撕裂中
加速了飞跃

裂变
也在几何式增变
我知道
又有多少个望尘莫及
在那无奈

真担心躺平的人
到了后来
连站都站不稳
真担心内卷的人
到了后来
将自己彻底榨干
真担心
分裂继续撕裂
到了后来
成为了必须的大战

我无法控制的裂变

只能眼睁睁地看着
继续撕开的分裂
战争已成为
和平演变的前夜

我望着繁华中
那破烂不堪的世界
那是什么
那是什么
肉体堆积如山中
可有灵魂跳跃呈现

社会被推着向前
滚滚巨轮下
是历史的狼烟
烽火硝烟的岁月
那跃跃欲试下
谁的武器最极端

人死如蚁
已不是天方夜谭
是啊
心狠才能玩世界
大爱才能世界玩

正义永在人间执勤

黑暗
开始害怕光明
邪恶
开始自生自灭
丑陋
已不敢见人
孬种
也开始反省

好！好个正义年代
让善良的人可以行善
让积德的人得到拥护
让小人生不如死
让坏人死得更惨

好！好个正义时代
不凭关系
不讲后台
只凭能力
只讲公正

好！好个正义年代
弱者看到希望
强者更有社会责任

邪恶已在消失
正义永在人间执勤

好！好个正义时代
让正义大行其道
让公平永放光明
公平正义正在聚集
善良与好人正在联盟
好！好个正义年代

人类的大戏

我们不谈消费
不谈旅游
只谈工作
只谈生活
变成了必须

我们不谈远大理想
不谈历史悠久
我们只谈
近期想法是否实现

我们不谈感情
不谈友情
不谈爱情
尽管今天是七夕

我们
只需坦诚
合作与共赢

人们的边界感
变得模糊而又清晰
无能为力感
也在不知不觉中相遇
我在每个人的底线处
看到了弱小与强势

亲情
也在进化中
分裂或更浓

一切都在加速演变
你是否感知
你是否感知
让你在被动中感知
落在时代的科技里
成为多余的废物人

世界在分裂
社会在分裂
人人在分裂
更可怕的是
那一大部分人
几乎

在无进化中凝固
又被直接定义为无用

一部分人
已不再进化
并形成
顽固不化的原始动物人
在科技迅猛发展中
直接淘汰为垃圾人

仿佛地球上
已不再需要他们
而他们的生存环境
更显艰辛
却能在抖音里
找出阿Q一样的精神

看着地铁里那满满的人群
有的已经筋疲力尽
有的已经显出无能为力的表情
又透露得如此清晰
那些私家车里的人们
也是将面部表情绷得很紧

这又让我想起
出租车行业
马上面临无人驾驶
正在重庆大街上运行
那些出租车司机们

又将面临大规模失业

是谁
抢走底层人的生存权
总有人很清楚
但资本界的大佬们
一直在尽力去做慈善事业
进步与落后之间
原来
是一场血腥的人类大戏

活在人类的陷阱里

见过好东西
再看劣质的
就能鉴别出孬好

就怕
从来没有见过最好的
在面对劣质时
也无法分辨是好是坏

我们要懂得
什么是好东西
这是每个人
生存必备的能力

不是
让你追求什么奢侈品
只是为了
那简单的馒头
瓜桃梨枣们
是不是被什么药水浸泡过
是不是天然的颜色
是不是自然的口味

我们都活在
人类自己的陷阱里
每个人都不值得深思
每个人又都值得深思

我不敢揭开
人性的面纱
是因为
在真相面前需要勇气

我们都需要加倍努力
才能成为社会上真正有用的人
我们不能只是简简单单地活着
就已经痛苦不堪到筋疲力尽
一生都要尽力而为
我们要认清活着的意义

黑夜里那不同的眼睛

黑黑的人心
黑黑的地方
黑黑的天空
有一颗星星划出一道光
黑又迅速恢复黑暗

我在黑夜里
用黑色的眼睛
穿透黑黑的黑暗
然后
我看见更多黑夜里的眼睛
穿透黑暗
也看见黑夜的眼睛中
还有邪恶的眼睛

我知道了答案
我知道了答案
善良的眼睛
在黑夜中发出的是柔和之光
邪恶的眼睛
在黑夜里发出的是阴冷的光
软弱的眼睛
在黑夜里发出的是怯弱的光

我知道了答案
我知道了答案
人们
为什么要有一个家
因那个地方
是让心安顿下来的地方
那样一个空间应该是温暖的

人人都要做到
好的家留下
坏的家离开

去创建一个理想的家
是一件多么幸福的美事
哪怕那个家只有我
或只有你
或只有你们自己

天空一道道闪电
一次又一次划破黑暗
闪电、星星
星星、闪电
在这个漆黑的夜里
与黑黑的黑暗进行厮杀

黎明前的黑暗
加重了黑的黑暗
破晓与鸡鸣
将黑夜吓得迅速逃窜

白天
万物得以显现
忙碌又在天明里展开
黑夜里那不同的眼睛
在白天里仍可分辨

我用逻辑思维掌控人生

很多人
都是无能为力者
经不起亲情的误解
经不起友情的伤害
更经不起爱情的考验
在金钱权力方面
则是不择手段

欺软怕硬，弱肉强食
仍是普遍的原始规律
优胜劣汰，适者生存
仍是追逐的研究课题
还有那人与人之间的相互残杀
已形成最鲜明的社会属性

从写作开始
经过长时间的剖析与深思
我慢慢从感性来到理性的山峰

QIXIANGHUA
奇香花

我已不太感情用事
而是遇见什么
都会进入理性思维
我用逻辑思维去做任何事
我用哲学思维去解决问题
我开始变得无所不能
挑战与战胜
在我这里成为家常便饭

我真切地感知
来自逻辑的好处
来自哲学的强胜
来自理性的充分发挥
我用逻辑思维掌控人生

我几乎不再感情用事
更不会认命
也许，只有弱者
才不得不去接受无辜
而认命的人需要同情
这个世界
将一直属于强者的社会
一弱就会被收割成韭菜
很多人已在漠不关心中
被社会无情淘汰

我仍然在为思想做事
智慧要在我的手中
成为最有力的刀刃

我要用智慧取胜
向最伟大者学习
应是我今后的人生主题

不知为啥忙成这样

戏看多了
也就没有了
当初的兴致
演得再好
那也只是戏

生活中
不刻意表演
在坦诚者面前坦诚
在虚伪人面前
保持距离
谁演的戏
都不想入戏

生活中
会演戏的人真多
哪怕是个疯子
或精神病人
非要装成很正常的样子
让你乍眼看去
就被迷惑

好在疯子
与精神病人
装不了几分钟的正常人
就又回到病态的模样
而正常人演戏
一旦过于投入就会打动人

不知什么时候
我对戏里戏外都不感兴趣
就活得很随心
心反而踏实到很有底气

在真实的社会里
有做不完的真实事
让你不愿去演戏
仅现实就足够让你
忙到不知为啥忙成这样

活好自己是一件大事

当我发现
这个世界存在众多美好时
我开始倍加珍惜我的时光
我的生命
我的选择
我的生存能力

是啊
我要大胆地融入这个社会
成为这个社会里的勇敢者
奋斗者
和幸福者

我尽量
让我的周围都是美好
这样
我会更加热爱生活
去体验活着的意义
让美好更加美好

我想告诉你
生活里的苦难
可以不要
可以抛弃
可以忘记
请将生活里最美好的体验
留给自己

人活在苦难里
也不要认命
而是要大胆地突破
冲出苦难后
会遇到一个又一个美丽
让我知道
活好自己是一件大事

不管怎样
我们来到这个世界
谁都有权利让自己变得更好

上有老天给出指引，下有大地给出支撑

为什么
要先知先觉
因先知先觉者
如同，提前知道答案者
有一种淡定与从容
留在心底

先知先觉者
可以规避很多风险
可以提前做好各种预案
可以轻松获胜
先知先觉者的优势就是完胜

先知先觉者
在大众那里
有种众生皆迷
我独醒的先知能量
先知先觉者
总能把握运势的先机
天地有变皆由先知先觉者先知

如何，成为先知先觉者
怎样成为先知先觉者
是我们探寻的路径
先知先觉者
有一条条先知的路径
就在心中与脑海
做到心脑相通

上有上天给出指引
下有大地给出支撑
我一直顶天立地于天地之间
天地有我，我心有天地
万物皆在心中生长
我与先知先觉者同在同行

懈怠成长，就是拱手相让自己的权利

我用我足够的耐心
足够的努力
足够的勇气
足够的信心
改变我的命运

我有能力
让自己越来越好
越来越能成为自己喜欢的样子
一切美好都刚刚开始

我为今后的我准备着很多期许

是啊
我要为自己操心
即使操碎了心也值得
我要让自己足够强大
强大到可以光芒万丈
我要做中午的夏阳
耀眼到无人敢去直视

当我了解
足够多的社会真相
人的真相时
我淡定的心告诉我
一切皆由我心决定

人最好的状态
是你还没醒
我已醒来多时
并且有了行动的能力

成长的重要性
是在成长的路上
用飞奔式的方式勇往直前
懒怠成长
就是拱手相让自己的权利
我不，我不
我的成长一直攥在自己的手心

我爱今天的自己

爱自己
首先从自恋开始
又是一个美好的晨曦
我从睡梦中苏醒
仰望窗外的亮光
捧起梦想中的书籍
从心脑开始程启
用嘴巴重复突破口语
单点极致，脑心合一
在这个清新的早晨
让时间伴我走过一程
我喜欢的自己

然后　晨起
从脚步开始迈出家门
我仰望天空
一朵朵可爱的彩云衬托着蓝天
初夏的阳光依然温柔得不够火拼
我对天人絮语
我不想用今天的日子
去回忆过去
也不想用今天的日子
去幻想未来
我只在乎现在的自己

QIXIANGHUA

奇香花

每天都好好地活着
感觉挺舒心

爱自己
就要从自恋开始
我正在今天的路上行走
我一边走着
一边做着正在发生的事情
一边欣赏路过的风景
一边在为今天的我而努力
感觉这样的我还可以
我一边沉思
一边为从容的我鼓掌
一边为自己而努力
一边为淡定的我喝彩
这样真实地活出自我
怎么感觉，都觉得很美
我爱今天的自己
我喜欢这样的自己

逃离痛苦最好的方式是——逃离

我睡眠超好
会在一分钟之内入眠
而且处于深度睡眠状态
醒来时要么天亮了
要么需要夜起

然后，继续熟睡

此时的我
已经修炼到
什么也别想打扰到我
我就在那
将自己活成神仙

人要是感觉痛苦
活得就不会开心
特别是那些不必要的苦恼
最该从心脑里移出
人一旦有痛苦
就想挣脱
就要去挣脱
就得去挣脱
如果你是自愿承受某种痛苦
那就没的说

我是从痛苦中
逃离出来的受益者
我常常会想
哪来的痛苦
这些苦恼
值得我去痛苦吗
怎么可以摆脱掉
然后
我就耐心地
一个一个

去摆脱

是啊
逃离痛苦最好的办法是——逃离
这让我想起
三十六计中走为上策的实用性

回想我的过去
不是为这苦恼
就是为那烦恼
感觉那时的我
整个就是如同生活在
痛苦的深渊
现在想想
还蛮同情和怜悯那时的自己

我在最痛苦的时候
特别向往美好
在想象中
我被美丽的诗句包围着

我在美好的状态下
去解剖
当初那些痛的来源
痛的源头
痛的根须
这让我清楚地看清那时候的自己
为什么会痛苦

也许人在痛苦时
特别向往美好
特别想自救
那些想拯救自己的计划
就是一股巨大的力量
当真的救赎了自己
再回过头来看
当初那个痛苦不堪的自己时
会猛然醒悟
当时的我，活得是如此艰难
庆幸，逃离痛苦
是让灵魂彻底得到解放

舞者精灵

当你已能看清
这是个浑浊的社会
你还能保持着自我
还能成为醒者
相信你已经不再是之前
那个只有外壳的你
你已找到了真实的自己

当你的人生遭遇
无数次万苦千辛的洗礼
你不仅承受了磨难
还能不厌其烦

津津乐道地解题
相信你
已经不再是过去的那个你
你已升华了自己的灵魂

当现实的残酷
血腥地摆放在你面前时
你还能镇定自若
泰然处之
相信你已经以担当者的身份崛起

当现实和过去未能泯灭
你那颗美好的幻灵
还能怀揣梦想笑对现实
还能用童心嬉戏自己的人生
相信你已经不再是
曾经的那个你
你已成为自己的舞者精灵

选择了天空

不要自己给自己禁锢
不要被世俗的枷条锁定
既然选择了天空
就无须担心在哪儿安家

像小鸟一样

哪棵树都可以成为家的选择
哪棵树又都可以放下
像雄鹰一样
既可以选择悬崖筑巢
也可以栖息于岩缝

既然有了飞翔的愿望
就要有装下天空的胸怀
就要有穿越峡谷的魄胆
就要有突破一切险阻的心决
空间才可自由
空旷才可呼吸
升华才是境界
精彩才是人生
无价更显生命

追逐

没有
一位诗人
不想成为世界级诗人

没有
一位政客
不想成为开明的君主

没有

一位商人
不想成为亿万富翁

没有
一位追梦人
不想追逐顶级

这大概就是
社会进步的一种表达方式

刚刚赶来人间

如果
花落了
不用担心
还有绿叶

如果
叶落了
不用担心
还有来年

如果来年
你又遇到花开花落
不用担心
你还会遇到
叶去叶来花落花开

只是
有的人已不在人世
有的人
才刚刚赶来人间

染指成诗

我是上天的宠儿
在我的世界里
一直都有美丽相随
那是上天的恩赐
即便漫天雪花
落下
也会染指成诗

上天对我很宠爱
让我用文字了解自己
用宽容海纳百川
用品质赢得人生

上天
还让我用平凡淡定自己
上天还说
别把自己忘了
忘记自己就是忘记成长
感恩天意

空中摇摆的鱼

你跃入我的眼帘
舞动的身姿很美
尽管背对着我
仍感觉出
你的自信与优雅
带出的水花如珠如雨

你那
石破天惊的一跃
惊讶了众多眼睛
你这平湖一跃
跃出你的一跃惊天
尾舞秀美光滑水润

我爱你，小精灵
为了
我一首小诗的诞生
你不枉此跳
跳在我的诗里
成为一个美丽的你
你，一条空中摇摆的鱼

我大概为了等你
一直蹉跎着在那

任光阴流逝
你这一跃惊出诗来
才肯作罢收心

大者说

雷说
我不狂
地不动山不晃

闪电说
我不狂
怎显黑暗处有你

狂风说
我不狂
怎能卷起尘土沙雾

暴雨说
我不狂
怎见沟满河流江海涛浪

我说
我不狂
狂野之心何处安放

大者说

由诗伺候

破茧成蝶的五月

想到五月
心中
有种说不出的开心感

这大概是
与解脱出自己有关
与新的开始有关
与未来有关
与另一片天空有关

如果，没有思考
真不敢想象
我还有这等勇气
面对，这突如其来的挑战

因为思考
我感受到了
那无比辽阔的世界
脚下能走的路
已开始多了起来
我又迷恋起新的美好愿望

春天

是个多梦的季节
夏天
就要将梦拿出来实现
这五月
注定是个破茧成蝶的五月

在安静中看清远方

此时，我是安静的
似乎用它可以抵御诱惑
抵制周围的混乱
抵挡任何风险的入侵
明目清障
躲开麻烦
也不为自己制造烦恼
让我在安静中看清远方
认清自己的环境是否优良
贪念会在安静中溺亡
风险会在安静中消失殆尽
麻烦也会及时避开
静中修禅，禅出净生
让绵柔的力量势不可当

QIXIANGHUA

奇香花

手握阳光，走向哪里都是完美

只有看清真相
才能从容自若
豁然面对遇见的风雨
用一颗在风雨中行走的心
迈开脚步主动迎接
才更显坚实而又强大
人只要内心坚定，目标清晰
遇到怎样的环境，都将化为美丽

体验百态人生
造就智慧你我
主动接受新鲜空气
创造积极个性人生
不随波逐流
不庸碌无能
让周围的短视与我无关
走好自己的路
专注该专注的事
你便拥有了
云淡风轻的心境

是啊
狭隘会被宽阔吞噬掉
郁闷总是被自由撑破

我坚信
真理永远都比世俗高尚
用宽容面对人性的黑暗
用淡定从容自若的人生
手握阳光
走向哪里都是完美

爱文字的女人

爱文字的女人
已将文字炫得很亮
那游刃有余的驾驭能力
已让文字俯首称臣

喜欢文字的女人
哪一个不是活得鲜亮
在墨香的熏陶下
已泛起清香的涟漪

喜爱文字的女人啊
别有一番情趣
懂得在烂漫中成长自己
生活已被过得致雅如诗

喜爱文字的女人啊
处处弥漫着
浓浓淡淡总相宜的气氛

纯粹本真青春不逝
喜眼留心讨人欢喜

水说

水说
我可以低入尘埃
也可以高入天空

你看
这圆润的露珠
这天际的云朵
都是我的化身

而你
为什么不说
那是我
那是我

女人的底气

很多女人都喜欢
把自己打扮得漂漂亮亮
可我却迷恋将自己进行得很平常
然后，去发现另一种美

是的，我真的找到了
女人的内在美
在于个性，在于知性
在于自信，在于随和与自然
反而更显女人的魅力

坦诚是女人的底气
即使不修边幅，也很美
因，那是内心的折射
我喜欢
自然随性的自己
每次只需
简单整理一下自己
便可鲜亮美丽

我享受，无我问津的日子
也享受，偶尔精致的自己
其实，我更喜欢
没有约束感的自在
更能彰显我的本真

我追求内心的完美与平静
我不喜欢活在虚情假意里
但，我却要活在人情世故里
因为，这儿
到处都充满了人情世故

躬身入局
似乎成为每个圈子里

QIXIANGHUA

奇香花

的游戏或规矩
是啊，人群与人类
历史与现实
包括未来的人类
都离不开这些
但冰冷的机器与网络
却又存在另一种分裂

人们在两者分裂中
却能找出点点温暖的存在
尽管，我在两者之间
来回窥探
也深感分裂与含糊
到底要将未来引向哪里的惑问

我如同躺在社会的心脏地带
时刻感知社会的心脉
那不规则的跳动里
却也有着稳定的脉律
人情世故里充满着点点人情味
有些表面上的世故人情
反而更显得人的完美

冷漠里放满了平静

当留念
不再那么坚决

故事
也有了圆满的结局
忘变得无声无息
痛已没有了当初的感觉
冷漠里放满了平静
还有一连串的省略号
在那无须续集……

创造得不小心

创造自己
就是创造一个个传奇
不小心
也许
你就把自己给传奇了

创造自己
就是创造一个个奇迹
不小心
呈现出奇迹般的你

创造自己
就是创造一个个历史
不小心
历史
被你刷新了一次又一次

人生到了后来全是答案

人活着活着
就不需要再找答案了
因时间
会让你遇见答案

看着看着
好多风景
已经不想再去看了
因生命有限
有些遗憾不可避免地存在着

走着走着
好多人与事
能放就都放下了
因轻松的心态
才能产生快乐的因素

不计较
也不刻意
淡淡地活着，健康就好
慢慢地过着，幸福就好
人生到了后来就全是答案
却又如云烟般地飘然而去

一梦初醒

我爬过再多的山
也没有你陡峭
我走过再多的路
也没有你幽深
我渡过再多的河
也没有你险阻

也许，那是我人生中
最美的风景
如我看过再多的绿
也没有你青春
如我赏过再多的花
也没有你迷香
如我喝过再美的酒
也没有你醉人
那是一种最美的相遇

当我走过你的风景区
你是那么令我感动
又是如此令我回想
你是那么的让我迷醉
又是那么令我神往
你给了我无限的憧憬
那是一条美妙的线路

如今
一切都成过往飘云
安逸得我
如一梦初醒，凡事皆无
如一看客再无深刻起伏
是光阴恣意抹去我的记忆
还是这时光只管向前飞奔

过去已经在过去中存封
现在正在发生中产生
未来一直在畅想的旅途
而我总是在它们之间一往无前
又明显察觉好多过往
都已被时光一一清除

飞则高飞，远则更远

注定不能松开
松了便是万丈深渊
那离别时的伤感
还残留在角落里
变成尘埃

本不该再来
既然来了
又何必匆匆离开

在这个时代
留下的
是你给我的考验
用来考验决心的存在

走过你的地盘
抛出我的心愿
用一颗远行的心
飞则高飞，远则更远

就这样
在婆娑的世界里
我不叛逆，谁来叛逆
去追寻自由飞翔的感觉

沉默是一个世界

你用沉默
与我对话
起先我不懂
然后
你还用沉默与我说话
我开始有了朦胧的懂得

再然后
我悟透了沉默的语言

我也开始
学着用沉默交流
用沉默生气
用沉默对白
用沉默等待
用沉默对抗
用沉默回答

在沉默中
我学会了沉默的语言
在沉默中
我进入了沉默的世界
懂得了用沉默读书
用沉默表达
用沉默懂你
用沉默懂我
用沉默懂他
用沉默
去懂万事万物

而现在
我终于明白了
原来，沉默是一种语言
沉默是一个世界

当喜欢变成哲学

赞美吧
再丑的东西
经过赞美
看到的或听说的
都会变成粉色的魔幻
真理与谬误
仅隔一层薄纱

当喜欢变成哲学
思想就开始伟大
当超越成为焦点
历史便紧跟其后承载
当你真的遇见懂你的人
你们之间可以有话必谈

夜的语言
只有诗人懂得
它的立场
便是安静的淡然
我又看见
夜在轻轻地流放黑暗
将无光的地方
调色成黑黑的板块

在光的世界
我捡起影子进行掂量
却忘记给云计算雨量
这轻飘飘的云儿呀
怎能撂下
如此完美无缺的雨线
放下
这么重的水量令人惊叹

我们常常忘记
伟岸就在自己的身边
渺小与伟大
往往让人记住人类的光环
而忘记天际的神机妙算
顺应天意吧
便是我最好的安暖
感恩一路有你陪伴

话低调

低调
低进水里
会游泳

低调
低入泥土
能发芽

低调
低到地面
站得稳

低调
低落山谷
成花草

低调
低有百命何其多
低无高调不成曲
高低有搭命不薄

闲游大明宫

大明宫顶，琉璃瓦
黄龙屋檐，麒麟镶
凤冠簪，宝石蓝
猫儿眼，金帽官
参天树，桥池塘
红叶红，游人览，八角亭内游客忙
赏鸟鸣，踏花板
青花瓷碗仍鲜亮，梅纹银盘云绕月
粉彩人物瓶上趴，满天星落瓶满装

满园诗香

我走进
一条诗意小径
路旁
是诗的花枝
随处可闻诗香
随手
可得诗的花朵
诗引我迈入
这开满诗香的花园
赏起诗香

我在与诗同乐
笑声惊诧了鸟鸣
也惊停了虫叫
此时
我已被满园香诗
熏得晕晕乎乎
醉得摇摇晃晃
现已
醉卧在诗的花丛
嗅着诗香美美入梦

真不想
真不想

从这样的美梦中醒来
请鸟儿放低鸣叫
让流水也别狂奔远方
请风儿柔爽地吹拂
请行人放轻脚步
让我
让我在芳香的诗丛
睡到自然醒来

我想写一本谁都喜欢的书

我想写一本谁都喜欢的书
无论国内
还是国外的人们
只要看见我的书
都会有种莫名的喜欢

我想写一本谁都喜欢的书
无论放在哪里
都会被人视为珍宝
我喜欢
你静静看书的样子很美

我想写一本绝世佳作
让你爱不释手
随时与你闯荡江湖
也随时伴你静卧寝室

QIXIANGHUA

奇香花

我想写一本极致好书
与希望同时存在
你仰望我的星空
我仰望你的星际

我想写一本经典的书
你读与不读我都伴你
直到你发现我非常有用于你

记住
好书是由读者品读出来的
用心体会、专心去写
我想写一本谁都喜欢的书

诗从指尖流进世界

不去回想
过去千年的模样
只想畅想
未来
千年后的我会是什么样子

你想好了吗
突然就有了柳暗花明
你准备好了吗
一切美丽的愿望

在某一瞬间
统统来到你的身旁陪伴

不想用历史的身影
刻出厚厚稳重的山

今天与未来
一切都归你
一切都归我

大地上的脚印
已踩出一条长线
来吧，来吧
快快来吧
一起走啊，走
就走出
一条宽宽长长的路线

原创的魅力
就像是一个个新世界
你听，你听
每一个敲过的钟声
都成为过去的记忆

只有前方的风景
充满了期待与好奇
请许我一场场浪漫
在不经意的时光里
一再强调美好与美感

QIXIANGHUA

奇香花

探寻
诗从指尖流向世间
诗从指尖流入社会
诗从指尖流进世界

慢慢丢失的选择

有时候
一切都来得太迟
让你来不及重新选择
来不及感受特别的美好
也来不及相见恨晚
准备一场浪漫的开始
就已将结局高高地挂上句号
就没有了开始

一切都来得太晚
在那些能相遇美好的路上
总是在阴差阳错中
将美好的故事改写成剧终

一切都来得太晚
晚到来不及了解
时光就将你与我的故事
忽略成可有可无

一切都来得太晚，太晚

晚到我不想成为你的故事
你也不会成为我的开始

一切都来得太晚
晚到找不出重新出发的理由
就在岁月的长河里
慢慢丢失了很多选择

优秀才是自己的出路

这个社会
太缺少精致的人
这里的精致
指的精益求精的人
有着匠心精神的人
高质量的人
做出来的事
也能达到高质量

是啊
社会上普通的人
比比皆是
却不能为我所用
为事所用
满世界的人
却做不出一件像样的事

人才呀，人才
人才奇缺的社会
能为我所用的人
真如大海捞针

一眼望去
地铁上挤满了上班族
大多为谋生而工作
这里面又能有几位
为了某项工作而追求极致呢

这个社会
太缺少认真之人
太缺少敬业之人
太缺少精益求精之人

如果有人问我
你不也是个普通人吗
我会告诉他
我正在改变普通的路上
我正在摆脱普通
我正在厌恶普通

请别去赞美普通
请拿出善意
告诉所有人
普通并不值得赞美
优秀才是自己的出路
优秀才有路可走

充满了奋斗的成分

我很想知道
磨过十年的刀有多锋利
也很想知道
磨过十年的剑有多尖锐
我还想知道
我在这十年里
又能得到怎样的体悟

我太好奇了
仅这好奇的心思
就让我用去十年的光阴
在这样的环境里
不知不觉地度过
日数光阴秒来秒去

细想一下
再细想一下
美好中放满了艰辛
艰辛中溢满了幸福
无怨无悔就在其中

那被衡量过的光阴
在岁月里飞速流逝
而我在岁月里

放着一颗熠熠生辉的心

有人说
这是奋斗的十年
也有人说
这是改变的十年
我却会说
这是感动我自己的十年

十年中
充满了对命的不服
充满了改命的成分
充满了奋勇的历程
是啊
这是我带着希望奔跑的人生
我在我的世界里
铁马金戈戎马生涯

那儿有个墓坟

那儿有个墓坟
不知里面埋葬着谁
不知是男是女
不知活着时的年纪
又是怎么死的
土堆上长满了野草
显得很荒凉

所谓死亡
是不是就这样
把一个本该在一起的生活场景
换成分离后的荒郊孤寂

那儿有个墓坟
不知里面的那位在那躺了多久
有没有已经转世
又变成了谁
他一定知道
那个世界里的很多秘密

落叶无忌

落叶无忌
在那飘逸的秋深
随处浮摇搔首弄姿
任风吹向哪里
都是自己的宿命
直到被风遗忘
入葬大地化泥转世

落叶无祭
在那脱落枝干瞬间
凋零的命运
迎着秋风飘零的姿势
优雅逝去

虽残叶自怜
却诗意绵绵雨水相随
随风烂漫翩翩落下
这纤纤飘逸的身影
引来无数诗人追寻诗意

落叶无计
那满眼的落叶
又会由谁来细细算计
这生死离别时的伤感
都在默默中进行告别
而深秋只管落叶
并用足了调色大师的权利
那红黄绿紫绛
已将浓烈的秋天渲染成色
这无籍无祭的秋叶啊
等待秋风
送来一场场别离时的
悠然而去

落叶无纪
在这数不清的冬春夏秋里
生了又落，落了又生
生生落落，落落生生
一年年，一世世，一纪纪
又由谁
为它记起轮回这事

你到底懂我多少

我懂你
懂到不需语音
无须暗示
甚至，无须眼神

你是否
也如我一样懂你
不需我说
无须示意
甚至，无须沟通

你到底懂我多少
我却不知
甚至，是团迷雾
甚至，是个无解

这是我的国度

在我的世界里
我是女王
每一首小诗
都是我忠诚的子民

我是你们的王
为了我的王国
我必须动用
我的智慧
治理我的国家
让诗在我的国度里
繁荣昌盛国泰民安

这是我的国度
我是王
宇宙送给我能量
大地支撑我坚强
未来在为我开放
月亮和太阳
会照亮我走向远方
河流与山川
是护佑我的文官武将
万物频频送给我吉祥
我在
我的国度里威仪四方

诗人的宝座

无意中
被人们推上了诗人的宝座
从此，便有了诗人的桂冠
在我头顶的上方

闪烁着五味的光环

诗，却在满世界里风光非常
越来越讨人喜欢
而我，却在异样的眼光中
被贴上了另类的标签

终于
我在诗人的宝座上存活
终究离不开
人们的品头论足
我在谦卑中接受任何施舍

一个写满历史的人

起床
尽管是假期
也要逼着自己起来
想想那么多的事
都需要去做

睡懒觉
或游玩
都不合时宜
做事，做事
是我唯一的选择

撸起袖子干起来
一件两件都干完
是这个假期强制的任务
否则
假期过后会更忙

干起来，干起来
还要耐住性子干起来
心要沉稳得很
才能将每一件事情
做到心满意足

我在催促自己
快起来，快起床
没有时间给自己瞎浪费
起来，起来，起来
赶紧给我起床
我几乎是在逼迫自己
去做今天该做的事
是啊
我又何尝不是
一个写满历史的人
本着对我的历史负责任的态度
我天天都要将该做的事给做好

万荷香夏

那是一个严冬
一只美丽的狐狸
不慎从雪山滑落峡谷
身碎魂破
成为深谷孤魂

如来，路过此地
闻出阴霾伤痕
顿生几分怜悯之意
滴下一滴还魂荷珠
让来生的狐不再寂寞

当狐醒来时
发现自己
已是荷身有香
从此，天下的荷
又多了一种莲叫媚莲
青衿纯秀，独具风格
一眼望去
清秀面容很难忘却
怦然心动难以割舍

唤醒绝世美艳
娇柔妩媚，秀美如仙

劝君莫望，望了难忘
劝君莫赏，赏了难别
劝君莫惜，惜了难舍
狐生莲香，香伴荷莲
此情可追，千古神话
断藕连丝，万荷香夏

搬不走的历史

之前路过
就被那几个字
"人民大会堂"
及这栋红色的建筑风格
在长江路这个地方
有这样的房子而好奇
这两天
我就在这栋房子里学习
并将这栋房子好奇了遍

噢，噢
还是"国民大会堂旧址"呢
很多南京人
已经不好奇了
我这不是
"刘姥姥进大观园"吗
凡是我好奇的地方
几乎都是第一次

一旦有机会进入赏识
那还真有种新鲜感呢

你看
这三扇红色大门
一直都紧锁
当然，偶尔会开
我却没能看见
估计要开这扇大门
应是有重要的事
当我从侧门走进去
才揭开我认为的神秘面纱

噢
一楼是个大会议室
但内南墙的走道两侧
却布置了很多历史性的图片
我看见有毛泽东同志的照片
还有这栋房子的设计师图片
以及有关这栋建筑内的故事
二楼是个中型会议室
我便在此学习两天

好有历史感
"搬不走的历史"瞬间
涌上心头
我要将它写下来
我要将它写下来
与这栋房子的历史

一起融入历史的长河
来增加这栋建筑的厚重感

这又让我想起
那些侵略者
抢走中国文物后
文物上分明写着
那是中国的，那是中国的历史

天地有我

要想做成一件事
只要有了坚定的意志
事就好做多了

对于敌人
对于对手
不要手下留情
那将是无比正确的决定

我不需要对手
如果非要让我有对手
那我的对手一定是我自己
所以，我对自己有点狠

可能
我是老天

最不愿意考验的人
因为，每次我都能赢

所以，无论天上天下
老天都给我发了通行证
任我由性
自由出入于天地之间
我也自称，天地有我

灵光汇聚

被拔高的平台
所见的风景
自然有了广阔的视野

被提高的思想
所见的高度
自然有了无须解释的境界

被智者们
揭开过的神秘世界
总是能永恒地存在

那像真理
又如赛道一样的轨迹
总能吸引无数智者
蜂拥而至各抒己见

那可见的思想啊
光芒辉映出光的画面
吸引众多向往者前赴后继
生生不息
如灵光汇聚成星系

坚定的步伐

都说
贵在坚持
可我怎么喜欢
贵在持续呢

持之以恒
应是一种好习惯
没有任何商量的余地
如同每天要吃饭
要做事
要睡觉
已是必不可少的习常

一种好的习惯养成
如果没有忘我的热爱
没有心甘情愿的付出
没有莫名其妙的欢喜
没有一颗坚定的心

那应是一个不可想

一件事
如果用坚持
就会觉得很累
如果用持续
就会感觉出平衡
如果用坚定
就会是一种必须
而我
更喜欢用坚定的步伐前进

最自由的风

最自由的风
请带着我飞翔
像云一样
任你吹拂到哪里
我都徜徉在空中

最自由的风
请带着我走
像雨一样
任你吹飘到哪里
我都会安然落下

最自由的风

QIXIANGHUA

奇香花

请带着我
像落叶与花瓣
任你吹向哪里
哪里都是我的故乡

最自由的风
请带着我
像水雾一样
任你蒸蒸日上
还是落地哗啦成雨
我都会随风
自由地飞向天空

慧心一笑面对自己

我是个很安静的人
不太喜欢被人关注
安安静静地活在那，就好
平静的心情明显增多
欢喜的心情也越来越多

随着时间的推移
我在我的世界里
感知自己的强大
是来自这个我
我为之震惊

很神奇，很神奇
我不停地发生很多神奇
我真的有了
慧心一笑面对自己

法喜啊，法喜
我好像得到了天喜
在自己的世界里
天天欢天喜地
哈哈，好开心——好开心

我是我历史里的人物

与今天同行
到了明天
今天的今天
就成为了历史

跟着历史行走
也就有了历史
在即将成为历史的今天
已将白天度过到收工

是啊
我在今天放一些
有关今天历史的事情
到了明天

到了明年
到了十年以后的若干年
就能老成古董一样的东西

今天的我
早已在昨天
安排好了行程
去完成行动就算完成
我习惯了
提前计划好各项事务
然后去做就行

而每天
什么时候写作
写什么样的内容
也只是在今天
某一个恰当的时刻瞬间完成

灵感这东西
每天都来
来了就写
这是我
这么多年的习惯

无论
文字在作品里
如何惊天动地
如何翻江倒海
我只是

很平静地将它描述

我是我历史里的人物
与此时的时代同频共振
用现实里那些有效成分
滋养着我的作品和读者

给我们的思想补充营养

为什么要发声
因为有话要说
为什么要替他人发声
因为看到不平
为什么要替天下百姓发声
因为他们想说却表达不出

为什么会有思想家存在
因为思想家都善于表达
表达与不会表达
这大概就是一种区别
主动思考与不去思考
又是另一个天壤之别
深度思考带有逻辑
和真理的演绎

而很多人
停留在表面现象太久

根本看不到更深层次的由因
那样的差距
如同浅水与深海之间的差异
你不得不去承认
你不能不去接受这样一个事实
所以，要去改变自己
才有机会获得好运的眷顾

成功人士
大都能看到事物的本质
并在真相面前
做出了正确的决定
从此，就有了一帆风顺

而很多人
往往在纠结中不停地纠结
在情感上纠结
在物质上纠结
在大事小事上纠结
如同得了纠结症
走不出自己纠结自己的困境
甚至往往在纠结中死去
而不自知

这是人与人之间
最大差异
可谁又认真去思考这事
这可是一个核心问题

人生拼的是思想
有什么样的思想
就会有什么样的人生
有怎样的发展
就会有怎样的思考支撑

归根结底
我们要对自己的思想负责
去给我们的思想补充营养
让思想在宏伟中展望未来
用好的思想决定我们的命运

诗人的灵异

我将文字撕成诗句
将子弹变成文字
将爱注进诗意变为天使
在诗的天堂
建一座魂的宫殿

自由是诗人的灵异
在诗的国度
可以胡言乱语
可以想入非非
可以云天雾地
可以笑傲弓弩剑刺心神

QIXIANGHUA

奇香花

诗人
可窥视人心
无须允许
诗心可逃离世纪
独行天际无须羽翼

诗人
善用灵魂化为语言
又将语言变成利器
弹指一绝人飞鸟死
不费力气，天助神驰

请岁月温柔待我

在岁月里沉思
岁月似刀
时刻会雕出
一条条带血的伤痕
在岁月里留下
抹不去的印记
岁月，是个不讲理的岁月
是谁把岁月揉捏成刀刃
请岁月温柔待我

在岁月里沉思
岁月似水
总是在不经意间

一点点流淌成川河
在岁月里不停悸动
岁月，是个不犯困的岁月
是谁把岁月揉搓成瀑布
请岁月温柔待我

在岁月里沉思
岁月似火
像燃烧的烈火
一串串跳跃的火苗
传递着火爆的生命
在热烈灼心中燋焰
岁月，是个老不死的岁月
是谁把岁月揉软成火浪
请岁月温柔待我

在岁月里沉思
岁月似箭
刹那弓弩
一梭梭穿越时空
穿过靶心
引来始末
岁月，是个无孔不入的岁月
是谁把岁月揉捏成锐器
请岁月温柔待我

在岁月里沉思
岁月似海
容纳到没有拒绝

一次次海啸
在发泄着不满
浪潮是海的脾气
岁月，是个不守规矩的岁月
是谁把岁月揉碎成海浪
请岁月温柔待我

我燃烧了自己

这个时代注定要有一批诗人
在大地上开花结果
注定会有优秀的诗人
横空出世　　别来无恙
注定盛产丰富诗果
横空传世问鼎文鼎

因这个时代处处充满活力
创新如潮让天地无眠
带着奇迹一一问世
这个时代有太多的蛋白质
化作动力，注入这个时代成为经典

有人说，这个时代是最好的时代
也有人说，这个时代是最坏的时代
我说，这是一个无与伦比的时代
这是一个眼花缭乱的时代
这是一个不折不扣的时代

这是一个创造奇迹的时代

在每一刻里，都有新意产生
在每一天里，都带着传奇问世
在每一月里，都有贡献无限给予
在每一年里，又实现了辉煌伟业
年年如此，月月如此，天天如此

这个时代的人们啊
没有谁可以拒绝它猛烈地到来
也会有人在轻而易举地得到或失去

这个时代呀
要么积极应对，要么被动出局
我揣着一颗谦谦之心
学而又学还在加速
但仍有差距可供积极
在现实面前
我接纳了现实又燃烧了自己

在灵魂深处聚集

我现在接触的人
大都将自己过得很好
很成功

我这才知道

我之前所处的环境
有多糟糕

我周围的人们
几乎，每个人都活成了光
并知道自己为什么要发光
又如何成为光

我也知道
他们为什么会成功
尽管有些领悟来得太晚
但可以指引后来人少走弯路

那些
你以为你已经很努力了
其实
差距大到几个银河系的距离

是啊，现在
大家都在玩拼内核
请问
你的内核是多少
你的内核质感又如何

我只想告诉你
往上走的人
都有一颗坚定的心
在灵魂深处聚集的
竟然是

数不清的同类型灵魂

安放的青春

格局已被撕开
我先放进自己
然后放进你
然后放进万物
然后统统放空
现在
我没了自己
没了你
也没了一切
后来，后来发现
空了才是格局
那没有尽头的边际
成为无处不在的空气
成为可以安放的青春
成为岁月流逝的脚印
而我
仍在诗的路上发痴

偷生的云

云

藏在空气里
如果
不是亲眼所见
真的是场天大的误会
是大地诞生了云
云先从大地上升空成云
你看，是大地偷生了云

梦在蔓延

几乎
做了一夜的梦
除了梦见自己
还梦见
与许多人一起旅行
梦的地方算是熟悉
梦里的人大都陌生
在梦里
梦好像给了我
什么重要的启示
让清晨醒来的我
决定去做一件事
这让我感慨
梦在蔓延穿透现实
大概，夜是用来沉淀
梦是用来觉醒

给那个花季的脸庞挂满笑容

看着泛黄的旧时照片
青春的脸庞为何写满愁苦
在那样一个花季妙龄
笑容应该胜过任何花朵
小小年纪为何挂满太多愁云

看着发旧照片上的我
我开始心疼那时的自己
我多想回到那个花季
抹去我青春的伤痕
给那个时候的我
脸庞挂上笑容
让青涩的我笑得灿烂

看着旧时我的照片
忧忧地忧伤
已伤疼到我现在的心
我在发呆中思索

现在的我也会有无可奈何
为何已被岁月涤荡成满脸笑容
我多想回到从前
给那个花季的脸庞挂满笑容

将自己活得更像自己

将自己活得更像自己
需要努力努力再努力
世上，不是谁都能活出自己
想做独一无二的自己
就需要自己为自己奋斗一辈子
花是自己开才能恣意香
记住，你好大家才会因你好而更好

将自己活得更像自己
需要加倍加倍再加倍
然后，成就了独一无二的你
去爱自己的独特
更爱自己的独立
记住，没有独一无二的你
你将不是你

将自己活得更懂自己
需要磨砺磨砺再磨砺
没有汗流浃背的自己
没有伤心欲绝的自己
没有欲哭无泪的经历
你将不是你
然后，学会心疼自己
好好珍惜自己

好好爱自己
记住，你才是最需要在意的人

将自己活得更像自己
没有什么对不起
多去问自己，为什么活着
怎样活出你自己
如何过好你的一生
走完后的人生，自己要无悔
记住，每天都要和自己在一起
你才是你的知己

将自己活得更懂自己
多去了解你的你
让别人懂你不如自己懂自己
对自己略施策略懂得布局
既要对自己大胆突破
又要对自己小心翼翼
既敢浪漫自己
也敢死拼自己
记住，将自己活得光鲜耀眼
才能成就独一无二的你

放纵的春天

是谁
把春天娇惯成

连风也柔和得恣意
刚刚路过的新娘
被风随意触摸着脸蛋

是谁
把春天宠坏的
让阳光已柔软成温暖
花蕾在绿色中绽放着笑颜
空气里弥漫着温柔的气香

是谁
把春天恩宠到
从树林里传来不同的鸟欢
好听得不想离开

又是谁
让春天无法无天
让麦苗像韭菜一样不好分辨
一簇一簇拥挤在田野
让人看不见泥土的色彩
却嗅出泥土的香味

春天
是个超级魔术大师
不知从哪
又放出一只浅黄色的蝴蝶
在我面前扇动着羽翼
将我的注意力瞬间拉开
追寻远去的蝴蝶

春天啊
放纵的春天有点肆无忌惮

如诗的灵犀

你的随遇而安
遇见
我的随安而遇
组成了世界上
最美丽的风景

因为你
我懂得了
生命存在的意义
是你的光临
一次又一次
击打我沉睡中的灵异

然后，我苏醒
我开始
眷恋我的生命
如诗的灵犀啊
让我们相约吧
无论
前方有多迷茫
我们都风雨兼程互不离弃

一朵流浪的玫瑰

一朵流浪的玫瑰
一朵流浪的花
带着
一片流浪的花瓣
随着河水流浪
前方是你未知的远方
后方是你不归的故乡

一朵流浪的玫瑰
一朵流浪的花
带着一片流浪的花瓣
在水面缓缓游荡——游荡
带着依依不舍的离别
还是不忍离开现在的故乡
前面是你未知的无奈
后面是你告别的故乡

一朵流浪的玫瑰
一朵流浪的花
随着微风摇曳
与花瓣——分开
瓣儿又随波荡漾
左边是你的花瓣
右边是你的瓣花

流浪的花儿啊
是谁不顾你的忧伤
让你忍受
一次次的离别
又一次次的别伤
这景象
怎不叫人为你愁
又怎不让人为你殇

夏雨荷的美景

雨季的荷花
更具诗意
美得只想化为一丝细雨
淋湿在有你荷的任何一处
都能速成美景
真想在雨天去看荷
真想在雨中去赏你
真想卧在荷花蕊里
当回荷花仙子
真想坐在荷叶当中
成为一颗硕大的水钻

雨季
在荷塘边赏荷
寻找身临其境的美丽

夏雨荷的美景啊
最有魅力的吸引
还有这凉凉的雨淋
随风吹拂着我的脸蛋

雨中的荷入景成诗
荷香雨湿镶嵌其中
这里有我的惬意
夏雨荷的美景啊
令我自醉荷丛
已忘记你是我的景
还是，我是你的景
在夏雨荷的韵律里
我们共同完成了
这十足的美丽

装一个电子太阳

如果
太阳不够友好
就将太阳踢进冰川封了
重新装一个电子太阳
让温度可以自由调控

如果
月亮不够友好
就将月亮送进黑洞

让它成为文物
然后
在夜空上挂一个极光月亮
让黑暗永远逝去

有时
还想开个星球加工厂
专门用来生产
月亮、太阳、地球
或是星空产品系列
放在互联网上对外销售
用支付宝或微信扫码支付
款到货送
如遇节假日
还可享受折上折特价包邮

有一种力量是定力

从我写诗起
我发现
最先相信我的是陌生人
和信赖我的朋友
最先鼓励我的是主编
和信赖我的友人
最先看不起我的只是身边
那么小小的几个人
最先不相信我的是

看上去是至亲
实际上不算是亲人的人
打击我最狠的绝不是我朋友
而是自称为
是我最好的朋友的人

让我感悟了
天地是如此之大
大到仁爱之心无处不在
也让我领略了
天地又是如此之小
小到容不下我的一个站立
而这些又让我进一步悟出了
空气里的奥妙
如同力学
有一种力量是鼎力
有一种力量是反弹
有一种力量是以燃料的形式出现
还有一种力量是定力

思想在开花

思想
被碰撞了一下
如同
落入尘土就发了芽
思想被思想

撞出深度的共鸣
那是深邃的思想
在思想的花园开出了花

思想被深刻了
就可抵御
岁月中的各种尘沙
思想
从头到脚都会散发出光芒

我
不再被琐碎绑架
也不想为琐碎买单
更不愿向琐碎妥协
而是要用两万多度的电能
将其熔化成
从未来过这个世界一样

心中
已不仅仅是个篱笆桩
还有扫一扫的防火墙
还有这高处俯瞰的探视眼
护佑我出入平安一切安然

我在深夜里安眠
在晨起时安暖
在午休的溪流旁
静静卧在石板上小憩
我安静的样子

与我周围的景象
自然和谐已融成一幅画

那美呀
那种美呀
怎能用言语可以表达
就像这深邃的思想
要在人间开出最美的花

我静静地思索
心情与思想
已融成一个太阳
那月亮与地球的相伴
就是一场长长久久的浪漫
那无须束缚的思想啊
都是我摆脱尘世的黑马

再回首，无须陌路

再回首
友谊仍在
你在不远处相守
那些曾经的往事
仍完好无损
保存在昨天的记忆里

再回首

香醇依旧
你用微笑迎面扑来
仍真诚友挚亲切如初

再回首
无须陌路
多年后
让快乐占线
赏你仍有不倦

你本就没有智慧，还说自己难得糊涂

你本就没有智慧
还说自己难得糊涂
这着实让我纳闷了很久
对于那些能自我安慰的人来说
不找点说服自己的理由
定会认为人生很不公平

其实
那些能改变自己命运的人
哪一个不是在
生不逢时
生不逢地上
拼出个柳暗花明又一村

我大概是

QIXIANGHUA
奇香花

那种最不认命的人
总是在绝处逢生中
找到最美丽的风景
山穷自有富地
水净自有甘甜
对我而言
世间美好需争取
移步便是怡人景

你看
这美透了的海洋
蓝天、水面与海底
正是我喜欢的风景
千万别局限于某个区域
眺眼望去
去给自己无尽的惊喜

我的天空祥云满天

我去追
我的诗和远方去了
请不要为我担心
我的路
一直都在我的脚下延伸

未曾迷失，还很开阔
自由、坦荡、率真

我爱这样的自己
每天都活得光彩照人
现在的我不曾丢失一件美好呦
如今，只有满满的笑容在那璀璨

我去追
我的诗和远方去了
请不要只是羡慕
你也可以
岁月并不无情
只感岁月多情与我
花开蝶来，花丰果富
四季皆香，美在心田
如今，一切都在美好中眷顾

我去追
我的诗和远方去了
那儿全是我的喜欢
好友多多，好事连连
景色诱人，心皓如月
遗世独立，又爱满人间
如今，我的天空满天祥云

我去追
我的诗和远方去了
远方不远
近在咫尺，唾手可得
拒绝平庸，又清如泓泉
活出韵味，得精彩呈现

诗和远方太有魅惑哦
愿追一生，一生无怨
如今，我的天空祥云满天

有没有人征求过大地的意见

城市的楼房越来越高
高到可以与天公对望
却不见蓝天和白云的喜悦
连黑夜里该有的星星
也躲得没有了踪影
城市中的河流两岸
大都配上了霓虹灯
在那闪烁着不停
照出不相称的黑色污水
在那荡漾出伤感
却不见清澈的溪流
和那见底的泥沙
已成往事

真想问一问
水中的鱼虾都生活得怎样
路上的行人与车辆
个个都显得那么匆匆
是什么
让他们忙成了这般模样
却不见平和的笑容挂在脸上

是不是连善良也跟着节奏褪色

为什么
楼高了　天变了
为什么
灯亮了　水浑了
为什么
人忙了　笑没了
为什么
这都是为什么
发展是发展了
这所谓的疯狂发展
有没有人征求过大地的意见
这样下去行不
符不符合大地的心愿
符不符合我们的向往
符不符合万物的生长

看上去
大地已溃奔到泪伤
谁人能知
大地永远爱青山绿水与和谐
好在终于有人觉知
青山绿水
胜过金山银山之道

写诗，生而逢时

终于
写诗成为大众文化
读诗也不再是少数人
我
也从另类中解放出来

终于
可以在众多的诗友中
安心写诗
不再担心被指认为异类

终于
有那么多人
可以心安理得地
享受读诗的快乐
也乐享写诗的情趣

写诗的人啊
终于
可以名正言顺
抒发出爱诗的心声
而不被套上
脑子有毛病的猜测

终于，终于
在文化自信的浪潮中
找到可以脱颖而出的机会

终于
终于可以在网络时代
有了更多施展的路径
我为写诗
生而逢时有了欣慰

是的
我们要感谢这个时代
包容多样性
给了写诗人的想象空间

去览古往今来的青春

我拽着自己
也拽着这半截的月光
朝着那个叫明天的地方
用睡得安静在清晨醒来

远方仍落下
不知名的话语
形成一篇不小的文
扔在尘世
有人随手捡起

又扔向远方
听说
那叫宣传，那叫延续

风吹了一会儿
又咽了回去
太阳
却大胆地暴露它的行踪
一大早就开始光芒四射
想将一夜的沉默
用万丈光芒诉说它的憋屈

小草
已经开始学会安静
特别是在冬至后的严冬
雪花却躲在天空
随时准备跃跃欲试
砸向人间
又要显示它的无比洁白

我的心不装风
不装雨
也不装落日的余晖
用心去听
一片雪花落下的声音
用空空的心房
去览古往今来的青春

潜伏在人间的写手

我是潜伏在人间的写手
用亲身经历
感悟人间烟火

从第一声啼哭
到所感所受
都是我人生感悟的命题

那痛苦的心啊
碎了又碎
痛了又痛
到了后来
竟成为一种刚毅

让我无数次地去问自己
我来干吗
为什么要遭这般苦难
感受不一样的疼痛

我开始反抗
开始斗争
开始挣扎
开始醒悟
开始逃离

让柔弱的我
避一避莫名的风雨

我开始在
自己的呵护下
慢慢变得坚毅
让已经长了很久的我
第一次感到为人的趣乐

我开始成长自己
开始修整自己
开始突破自己
让破损的灵异
在时光里慢慢修复
我开始感觉到自己的幸运
一种自我成长带来的快感

从痛到痛有多远
让自己醒来就不远
从爱到爱有多远
在你遇到真爱时就不远
从恨到恨有多远
当你懂得放下就不远

我是潜伏在人间的写手
希望用我的文字
能照亮你前方的路
这是一个手写的心愿

春天已扑面而来

这个冬天
很快就要过去了
在冬天里
已经酝酿好的花骨朵儿
也已满载枝头

紫色的花骨朵儿
已写满了美丽
黄色的蜡梅花
已开到竭尽全力
玉兰花的花骨朵儿
仍被初青绿包裹在其中
又个个独立满枝

柳枝又开始
纤纤柔顺成发丝
在微微的东北风里
已扬起飘逸的细腻
湖水在清澈中透明成玻璃体
鸟儿也蹦上枝头欢跃成春意临近

春天就要来了
春天就要到来了
泥土与树木最先知道春的信息

空气与水波
都在弥漫浪漫的气息
我在悄悄地告诉你
春天已扑面而来

且听风雨

且听风雨
打湿衣襟
又落入地面的雨滴
我却没能留意
你那满脸的忧虑
风也淅淅
雨也淅淅
还有你那内心的洗礼
将人间剧情
演得如此苟且不仁
选择平淡
过得出奇
让暴风雨似的虐剧
留给他们演绎

是写作给了我人生动力

在不知不觉中

让我感受到
写作是一件幸福的事
是写作给了我思考
给了我反省
给了我什么叫诗和远方

是写作让我懂得自己
同时也懂得他人
也懂得了自然界里的语言
让我看清了社会的真面目

通过写作
我似乎多长了很多双眼睛
是写作给了我广博的空间

我不能不去感恩
是写作拯救了我的生命
我不得不去感谢
是写作给了我经久不衰的生命力

此时
我感觉
写作是一件幸福的事
有一种
无法取代的幸福感

是写作带着我
不停地向前走好每一步
并让我深深地感知

每一步都无比好美

是写作
让我的思想不断丰富
并有序进行这场感知积累
那种突破与超越
是一种多么美妙的体验
我折服于这种状态

我迷恋写作
已到了无谁可比的程度
是写作
让我体验了一场痴迷

是写作
给了我人生动力
它的好
只有爱它的人懂

在成熟的路上继续修炼

我成熟的标志
不再因受委屈
而泪流满面
不会为无聊的事
而侧耳聆听

我心智的成熟
是在辨别真伪后
会很快给出
一个自己的决定
并尽最大可能
让自己去做最正确的事

我深知自己的不足
并时刻想弥补自己的不足
我知道自己想要什么
想得到什么
并会有行动实时跟进
直到我已拥有

我每天
都会和自己对话
会反省自己无数次
并会逼迫自己
去完成今天要做的事
而且会愉快地完成

为了与时俱进
我会把握好
自己的人生方向盘
把握好自己的时机
懂得顺势而为
这些
都代表着我的成熟

此时
我正在成熟的路上继续修炼

我就做有个性的大海

你要承认
自然界是有规律的
你也要承认
人类会做出最荒谬的事

既然
都是事实
那么
我们都可以说，不
或顺应自然规律

很多真相就在那里
我不想
也不愿意去正视
因为
一正视就气愤
一想起就愤怒

那都是
落后
落伍产生的矛盾
你的同情

在他们看来就是藐视

这怎么可以接受呢
即使落后、落伍、落魄
也有他们充分的理由

我做佛吧，苦乐都笑
愚痴都笑，好坏都容
不，我做海吧
既可以平静
也可以咆哮
还可以掀起巨浪
海似乎
更适合我的个性
是啊
我就做有个性的大海

读懂曾国藩为什么要写家书

后来才明白
曾国藩为什么
频繁写家书
寄给家人

那是因为
随着曾国藩自己的不断进步
而担心家人们没有长进

破坏他的形象
他深知要想更好
家人们的整体素质
也必须提高
才能够配得上大成者

所以
曾国藩决定
带着家人一起成长
并不停地写家书
来提升整个家族人的素养

好在
通过曾国藩一百多封的家书
才唤醒那个家族里有灵魂的人
从此，他们的家族才经久不衰
可见，曾国藩对于家族发展
真是用心良苦

再看看历史上
那些大家族能发展起来的
又都有着极为相似之处
都是先由一位醒者
带着身边的人一个一个醒来
去成就自己所能成就之人
然后，通过几代人共同努力
才能完成家族里的大成就

我希望

在我的家族里
人人都要努力学习
不断提高自己的认知能力
不断拓展自己的眼界
来不断适应大成者们的发展
为家族兴旺发达做出应有的贡献

希望
家族里的每一位成员
都能让自己的能力
智商、言行厚重
配得上家族兴旺发达之趋势
谨此诚意，呈出共勉

只有行动最解我心头之狠劲

当很多重要的点
摆放在那里
我决定去行动
只有行动
最解我心头之狠劲

我将能力
放在行动里
我将认知
放在行动里
我将很多我的想法

放在行动里

当行动
按照我的意思
——完成时
我看到的
竟是
一件件完美的结果

我获得了心满意足
那一刻
我真切地体会到
成果是什么

后来
我开始在行动上下功夫
每一件小事
每一个小点
我都能静下心来去做
并深深地领悟出
之前有人所说的
"细节决定成败"里的微妙功效

行动吧
行动起来吧
只有行动
最解我渴望之心意

不回头，也能看穿这个世界

相比之下
我衡量出
爱的最美样子
也得出
不爱的漠视

相比之下
我看清了漠不关心
也体会了念念不忘

相比之下
我有了比较的算式
我用这种能力
判断能与不能
合与不合

相比之下
我有了准确的目标
一眼看穿你
一眼看穿我

是啊，不回头
也能看穿这个世界
你看

有人在不在这个世界
都能看穿这个社会
看穿你我他

我心向阳

只要
我周围
没有优秀的人
我就紧张

只要
这个世界
没有伟大的人
我就紧张

只要
我的世界里
一直充满优秀
我就心情舒畅

只要
我能与优秀的人
向着美好的方向狂奔
我就会觉得
这个世界还有希望

我心向阳
我心向阳
只要这个世界还有伟大
我就尽情怒放

我多想跑在时光的前头

有些人的好
只有通过若干年以后
才能深知他们的好
有些人的坏
同样需要若干年以后
才能知道有多坏
而这两者我都怕
前一个害怕知道得太迟
而没有机会表示感激
后一个害怕知道了真相
已过了仇恨的心境

我多想跑在时光的前头
将能看到的都一一记录
去分清楚
哪些是我所必须知道的
哪些是我所必须忽略的
都一一记清

我多想再努力些

加紧增长我的智慧
让能预见的未来都清清楚楚
好让我不再错过本该珍惜的光阴
都一一去珍惜

沸腾的思绪

我不停地咀嚼
这些准备决定的事
总是在利弊之间
不停地咀嚼着
直到嚼得
只剩下结果
才猛然决定去做

在各种预案
不停的推理中
总会有
最佳方案可供选择

尽管
被格局和能见度所限
我还会用
我仅有的格局和能力
去做些有利于未来的事

在众多

无能为力者面前
我又何尝不是
一位无能为力者

照顾好自己
已经是件很幸福的事
如有能力
再去关心一下他人
似乎
就能与伟大挂上勾连

我深深地
为这片土地上的人们
保持高度警惕
高度关注
因为
我正认真地生活在这里

人间值得笑来笑去

哈哈
不好意思
有时候
我都觉得
我超级可爱

爱玩、会玩、想玩

不玩尽兴，不会罢休
玩尽兴
还会经久永兴

哈哈
人生就是一场精彩纷呈
盛大而又绝伦的体验过程

放开活、放开想、放开做
放开了往开心快乐里活着
放开了往幸福里过着
那才叫没白活
认真投入生活追求品质
精益求精工作追求卓越

我爱听孙悟空的笑声
爱看如来佛祖的神掌
爱摸弥勒笑佛的肚皮
爱稀奇古怪的石头
还爱观音菩萨头上闪亮的珠宝钻石

哈哈
我喜爱的东西太多
人间值得走来走去
人间值得玩来玩去
人间值得转来转去
人间值得赏来赏去

哈哈

人间值得笑来笑去
人间值得飞来飞去
人间值得赚来赚去
人间更值得写来写去
哈哈，哈哈哈

让我，为你的人生绩效评价一下

今天
又是一个
高效率的一天
超预期完成
几件不大不小的任务
心情倍儿爽

原来高效
也能让人那么开心
我算服了所有
有效的效果

人应多多入世
偶尔出世
更有利于深刻感悟

活得不仅真实
更应精彩
这个社会

值得你去体验优质人生
因为
人生过的结果
也有等级
如：差、一般、良、优

来吧，朋友们
你的人生需要进行绩效评价
让我
为你的人生绩效评价一下

读懂《西游记》已是蓬莱人

我又一次
将自己给解救了出来
从那鬼怪一样的地方
将自己给抢了回来

我已记不清
有多少次
这样类似的场景
我又一次出手相救了自己

这也是我
悟透吴承恩笔下的《西游记》
唐僧、孙悟空、猪八戒
沙僧、白龙马

和作者内心深处
所要表达出的东西
是何等的真切

若干年后的今天
《西游记》
仍与现实丝毫不差
验证着人类里
那些妖魔鬼怪的行为
和内心阴暗的鬼事

人们向往安宁与祥和
与妖魔鬼怪的动物原形
形成了鲜明的对比
唐僧自始至终的善
一路西行
也正是他一路成长
遭遇鬼怪们的围堵
所遇的各种险事
孙悟空的本领
猪八戒的愚钝
沙僧和白龙马的各自表现
都是作者一个人的故事

是啊
读懂一部书
就能读懂作者的心思
想读懂作者
就去读他每一本书

作者总是将自己的心事
揉碎成粉末儿
又将灵魂吹进作品里
才有了活灵活现的永存

唐僧
一次又一次地被解救
何尝不是作者
在一次又一次地去救自己
那一路取经的坎坷
也正是作者一路成长的写真
当九九八十一难终于过去
那满满的经历
不正是取回的真经吗
哪里还需要
佛祖给他什么佛经
那被风吹走的经书
就是一场过眼云烟的缩影
作者留下这本神书
带着神仙般的气息
涤荡着世间的人心

我懂你的自救
我懂你的善意
我懂你每一次的化险为夷
我懂你天地人间的那些寓意
此时，我感慨
读懂《西游记》已是蓬莱人

笃定的魅力

此时，最值得静下心来
去学习一些对自己来说
算是一件本事的事
应是最恰好的决定

让所有的静气
都归于一个专心
要不了多久
便能发现自己
有足够优秀的特征

没有什么
比自己成长更令人开心的事了
也是最能考验
自己的心静程度
外面的风再大
我仍如山上磐石
那样的笃定，才最有魅力

理财是门艺术活

财富这东西

QIXIANGHUA

奇香花

对谁的一生都重要
理财是门艺术活
确实需要从小培育

从工作
就入了理财的大门
一直都在理财
感觉很有意思
人生就要会理财

理财是门艺术
上到总统
下到乞丐
都要学会理财
去掌握财富的规律
开启财富大门
驾驭财富走向
这都是人生必备的能力

哈哈，加油
可爱的人们
时刻提防
不要被大刀收割
也不要成为小刀
底下的韭菜

理财是门技术活
理财是门科学
多用心

勤思考
财富自然找上门

越来越可以超越

原来
我得到的那股力量
是来自你们
这让我如梦初醒
那是一种统一的割裂
所以剧痛
所以决绝
如死如灭
所以才有那样一股生的力量
将我推向——那遥远遥远的远方

没有离别
很难体会深刻的思念
没有决绝
很难体验安之若命的安排
没有毁灭
就很难再有重生的现在
可以重来

原来
不再受到伤害
是经历过后长出来的感慨

那是一股超脱苦难后的力量
不再害怕
不再被伤害
如同坎坷已不存在

走过沼泽
来到一个新世界
豁达也开始敞开
一切都在变
一切都在变
变得越来越可以超越
越来越可以应对一切
不再受到伤害

很难忘记我的家乡

我应该为家乡
写点什么
毕竟那里
曾给过我
很多善意的帮助

故乡
有我很多过去的故事
暖心的回忆
还有很难忘却的真挚友谊

故乡里
曾经历过的每一件事
我都一一记得
每一张友善的脸庞
我都记得仔细
每一个我曾去过的地方
我都熟记于心

故乡啊
那熟悉的土地
我曾一步一步丈量过你
也曾经历
你那一年四季
那交织的季节变换
在故乡里
我曾数过它的颜色

那是我故乡的样子
物美蟹肥
鱼香果丰
最令我难忘的
是每一位友人的笑容
熟悉的名字里
透着我对他们的回想
当听到有人提到家乡的名字
就会有一个无形的熟知
我是从那里来的

在每一篇

QIXIANGHUA

奇香花

赞美家乡的文字里
都有我对故乡的回忆

是啊
我感谢家乡里那些朴实
感谢他们曾给过我的帮助
感谢关心支持过我的人们
我常常在心里
会不自觉地发出感激之情

是啊，不会忘记
永远不会忘记
在我的家乡
曾有很多善良的人们
给过我最无私的帮助
是他们
让我想起家乡的温暖
是他们
让我很难忘记我的家乡
我祝福你们天天好运幸福永涨

量子纠缠带给你的梦境

因为经历过
所以信了

因为发生过

所以信了

因为出现过
所以信了

因为超智慧的人
都在运用量子纠缠
所以那也是我努力的方向

我已经启用了量子纠缠运势
接收来自任何一个大脑中的信息
即使你不说，我也知

是啊
量子纠缠的最高境界
就是"你不说我也知"

再直白一点表述
就是当你能感知
量子纠缠带给你的梦境
是将要发生的事
或后来将会发生的事时
你就能深刻理解什么是量子纠缠
如地震后的余波

什么是作家

什么是作家
作家就是要把刀刃放在人性上
再把笔锋放进灵魂里

最治愈的一剂良方

人需要有见识
来解决自身的狭隘
自然就能治好
嫉妒别人的毛病

人需要有独立的能力
来解决依靠谁
是理所当然的毛病

人需要不断地学习
来提升认知
落后就是拖社会进步的后腿

人需要不断地成长
来治愈
自己身上的各种毛病

狭隘与偏见
嫉妒和使坏
都属于思想落伍者所为

对于落伍者
你需要用奔跑的方式来学习
对于落后者
你需要安静下来反思
对于想成长的人们
你需要用智慧启迪你的人生

我常想见识更多
而不断地为自己创造机会
想让自己的学识精进
而下定决心进行改进

我不会为了迎合谁
而放弃自己的观点
也不会为讨好谁
而丢弃自己的原则底线
将时间用在对的地方
人生将不会有太多遗憾
提升自己
是最治愈的一剂良方

将自己活成意想不到的好下场

快乐是一种能量
痛苦也是一种能量
成功是一种能量
失败也是一种能量
无是一种能量
有也是一种能量

一路走来
我需要看见自己
不停地看见自己
让自己在自己的眼睛里
活在当下为未来做事

还在
凡人的路上修炼
去感悟和经历
凡人的不同感慨
人人都想选择最好走的路径
朝着各自设定的目标前进

人生
就是一个
边活边感悟的过程
否则

与其他动物
又有什么区别呢
生命不仅用来活着
也用来感悟
至少多了很多深度思考的成分

如果
人生只有一回
那就去大胆地折腾吧
大胆一点——再大胆一些
而且，还要趁早行动
免得错过了
真就错过一生
后悔莫及肠子悔青
也爱莫能助了

活着——想着——做着——
将它们黏合在一起
就是一个人的最佳状态
是啊
对自己的人生态度
就是要再大胆一些
敢想——敢做——敢活
去活成自己都意想不到的好下场
那该是一生中多么快乐的事儿啊

比什么

从现在开始
只比开心
只比快乐
只比同龄人谁更年轻

从现在开始
只比健康
只比运动
只比谁更幸福

从现在开始
只比贡献
只比价值
只比谁最懂得付出

从现在开始
只比长寿
只比无价
只比谁最可亲可爱可敬

改变环境就能改命

自从知道
我与你的差距在哪
我就不再要求你
非要和谁一样
因为
那是一件不可能的事
环境不同
造就出来的人
如同不一样的种子
很难适应被改变时的气候

生要逢时
生要逢地
生要逢母
生要逢父
而这都掌握在上天的手里
想改命
只能靠行走寻找好的环境

环境
我第一次对环境
有了更进一步的认知
改变环境就可以改命
要想改变命运

就先从改变环境开始
让心在舒心的环境里
保持一种适应
慢慢地
你会发现你变了
环境的影响力
这个不可小觑的力量
让我再次去定义人生

偶尔
在不同的环境里
去感知
环境与环境的差异
那种只有当事人
才能感知出那巨大差异
对于自己很有启迪

去不同的环境
就会带来不同的感受
在好的环境里生活
也要去坏的环境里感悟
在坏的环境里生存
也要去好的环境里感悟
这都能使人顿悟

是的
改变环境就能改命
要想改命
就去改变环境

不好的环境就走开
好环境倍加珍惜
是啊
改命的方法很简单
用改变环境就能改命的方式
去改变命运
你会收获很好的人生

在上帝扔我的地方站立

从出生开始
上帝
就把我扔进
万丈深渊

我哭呀，哭呀
可能
那个时候
就为自己下定决心
一定要
爬到上帝扔我的地方看个究竟

从此
我只知道向上攀登
伴着艰难爬行
我尝尽了苦难
用尽了力气

只为明白
上帝为什么
要将我抛向山谷

我用执着
又偏激的方式
仍以上帝
扔下我的地方
作为我的方向前进

我一次次
在攀爬中
摔下又爬起
摔下又爬起
直到自己忘记自己
为何而来
为何而去

我在岁月里
已经被摔得遍体鳞伤
被摔到醒来时
发现
只要不向上攀登
转向任何一处都是平原
才如梦初醒般地发现
我浪费了生命的光阴
忽略了周围的风景区

上帝

跟我开了一个不小的玩笑
戏耍了我的人生
当我去镇定这个自己
决定去赏周围的风景
又发现
我已在上帝扔我的地方站立
我到底有怎样的命运
遭遇你这般磨难
我到底有怎样的幸运
配上你这般怜爱

用音乐去醉自己

我不想活得太沉重
那些乱七八糟的政治信息
一点也激起不了我兴趣
偶尔关注
也只是出于偶然好奇

现在的人们
能轻松地活着
都成为一种奢侈
哪里还有心情
去管欧洲美洲的事

最现实的是社会
最残酷的也是社会

在夹缝里求得阳光明媚
安身立命
就已经算是一种幸运

那些
活得很好的人
都保持沉默不语
只有
最底层民众无比艰辛

简单地活着吧
不问东
也不问西
埋头苦干的人
上天不会辜负
我不想活得太沉重
用音乐去醉自己

这一年，我感动了自己

今年
是我收获最多的一年
也是我走向成熟的一年
当然
也是我最辛苦的一年

这一年

我挑战了自己
这一年
我成就了自己
这一年
我感动了自己

其实
这几年
每一年
都有我值得骄傲的地方
是来自我的坚韧
如果
要崇拜谁
那我一定先崇拜自己
是的
我值得这样去爱自己

猪商之治

"猪商之治"
是指带有一定权力的人
因能力和智商不足
无法驾驭事物向好的方向发展
在重大事件发生时
不能产生果断良策
而用最愚蠢的方式方法
解决问题

使其问题产生更多的问题
所带来的破坏性
和毁灭性
是要认清和根除的
这是高速发展
与极度停滞状态下
那种看不见
却能感知的差距
而利权人
不学误事的行为
其后果
就是具有危险性
侵犯性
危害性
伤害性
但又对其后果
不负责任
一种权力管治的缺失

纵观史外
小到一个家庭
一个单位
大到一个地域
一个国家
都需要
很有智慧的时代人来引领
人人都要有勇气
拒绝猪商之治

风一来，就把你给带走了

风一来
就把你给带走了
我想追
却不知
你走的是哪一条路线

我静坐在阳光下
阳光
却温暖了我的外衣
我的脸庞
也热出温度

那内心深处
仍有一双冰冷的眼睛
冷静地
又毫无理由地冷峻着

在那样一个地方
似乎
已经冷了上千年

一声童笑
打断了冷清
带来了几分好奇
人间的事

难道只适合
稀里糊涂地过吗

无话可说的日子

没有委屈
没有愤怒
过着
无话可说的日子
原来，此时
才是满满的幸福

不去想过去
不去想未来
此时此刻的我
也无任何想法
空静的
与室内的物品
一起安静

今天
我算是忙了一整天
为什么
好消息
与开心的好事
也能做到不动声色
这真是惊讶到了我的内心

已成熟到这种程度
真是令人无语
如同
彻底回到现实
过着无须多想的日子

山已经是山
水已经是水
我已经是我
在现实里
活得风生水起

被时光洗礼过的光阴

走过那段艰难的路程
回头望去，不是我成为
那段光阴里的笑话
而是某些人
被验证了自己才是最大的笑柄

尽管某些人
用我想都想不起来的恶意
伤害我，嘲讽我
打压我，污蔑我
打击我，毁谤我
甚至还用

更卑鄙的手段陷害我
却都被历史
给打了回去
去证明某些人的鬼脸
和鬼心有多恶毒

哈哈，我非常喜欢光阴
喜爱被时光洗礼过的光阴
因为，它能给出真实的答案
去证明了某些人的无知和无耻

时光啊，我要赞美你
是你给了我希望和热爱
光阴啊，我要赞美你
是你在不断地给出历史答复

伤害过我的人呀
我想问问你
你有没有为自己的可耻而羞愧
有没有过忏悔和愧意
有没有为自己无地自容过

时光真好
让岁月打了某些人的鬼脸
并湮没了他们的存在
我内心的宏伟开始壮阔了起来
只为更好地看看那些山峦叠嶂的风景
已装不下那些曾经的往事
因为，它们已是山云雾下的尘埃

贵美的女子

很多人身上
有一种
俗不可耐的东西

你能看到
也能感觉到
无论他是男是女
着实
会让你
毫不犹豫地选择
放下

而有些人
你只需一眼
便知
她那么的贵气
你可以闻到
也可以看到
那是一种很舒服的感觉

是啊
气质与优雅
向来
与高贵典雅融为一体

QIXIANGHUA

奇香花

那种美
可以感知
可以看见
可以悦目
可以愉悦身心

如极品音乐
如上好茗茶
如洁净白云
如这贵美的女子

写作，让我安静

在写作界
我始终选择低调
保持热情

不需要
大张旗鼓地宣传自己
又怎样，怎样

我为什么喜欢写作
因为写作能让我安静下来
这是我喜欢写作的又一个原因

自己愿意写

有读者喜欢读
在我看来
那是读者的事

我将生活中的痛与乐
都把它写出来
放进诗箱里

时间久了
便成了万有百宝箱
你有精神上的需要
尽管来读

我是个
通过写作
走出死亡谷的人
我酷爱写作
也就有了充足的理由

写作
是一种自我疗愈
写到一定境界
就是一种莫大的享受

是写作
让我收获了很多
爱写作
也是我的生活方式

智者可踏平黑暗自有光明

不能回避的人性
那个时候的人性
与现在的人性相比
几乎没有差异
都有令你想象不到的恶意

这不能
回避的人性话题
究其根源
有着天生的恶
有着天生的善
这两种不能回避的真相
一直存在
所以
人要择善而交
知恶
而分而离而拒而弃

人之所以
要有一些智慧
就是为了能够
有一些自保之力
社会时刻
都是万恶之社会

智者
时刻都能化险为夷

常寻静处
观现实天下之动
常寻净处
观未来天下之势
常寻静净之处
观历史可观之处
那里都有灯光日月可照
智者可踏平黑暗自有光明

莲，我终于懂你

在一朵花里
我终于懂你
终于懂你
懂你绽放时的美丽

懂你出污泥
而不染的净化力
我终于
懂你的洁净
懂你的高雅
懂你站在水里的唯美

我终于懂你

QIXIANGHUA
奇香花

懂你在季节里的青绿
懂你美而又柔的温情
懂你在缄默之中
尽展你的仙美

我终于懂你
懂你于心
懂你年年
尽情释放你的美丽
懂你至无声
只有这倾世的美丽

妙不可言的美丽

后来才发现
所有的时光都是美好的
特别是在每一天里
用时间衡量出来的光阴
尤其显得最为精贵
当有能力发现
和感悟出这种美
却需要亿亿万次的锤炼
才可感知出
这妙不可言的美丽

永远赞美您——我们的军人

我唯独对
我们的军人
怀着崇高的敬意
国家
有了你们而安全
人民有了你们而安心

我们的军队
一直都是好样的
我们的军人
一直都是好样的
我们的军魂
一直都是好样的

我们向世界展示
我们的军人
有着不屈不挠的筋骨
我们的军人
有着神圣的使命担当
我们军人的光辉历史
写满了中国军人的伟大

是啊
豪情都给您

QIXIANGHUA

奇香花

也写不完
可歌可泣的英雄故事
豪迈都给您
也比不上你们的精彩

中国的军魂
多像璀璨的繁星
多像朴实的钢铁长城
多像我们的平安天使
护佑着我们的人民
我们的国家
我们的尊严
我们的和平
我要永远赞美您——我们的军人

躺平的鸟，下了一窝平躺的蛋

躺平的鸟
将蛋
下在这么显眼的地方

好像鸟
也已不考虑下一代了
你看
将蛋随便下在
平地又显眼的地方
连个窝都建得这么简单

一点也不考虑安全问题
是啊
连鸟建窝
也不再像过去那么勤快
现在这样的窝
怎么能来保护自己的幼崽呢

好像，鸟也没有了
什么责任心
带着不负责的态度
将蛋下在这么一个
没有安全感的地方
难道
鸟儿也学着人类
选择了躺平
难道
鸟儿也学会了躺平

我看着
这窝地上的几个鸟蛋
担心
它们被老鼠给吃了
担心
它们被蛇给吃了
担心
它们被黄鼠狼给叼了
我更担心
这窝鸟蛋
被人类中的谁

拿走给吃了
可鸟妈
怎么就不担心这些呢
难道
连这鸟类也选择了躺平

历史的大笔

不敢大笑
因为有很多人在哭
有谁清楚
他们为什么哭
在那无声地哭泣
可能最悲催的
是他们不知道
他们为什么会这样
真相在真相中死去
糊涂在糊涂中灭亡
谁又会清醒在意这些
历史就是历史
历史的大笔
从来都是滞后的判官
这即将挥去的
又将以怎样的方式收场
或转折成新的起源
那不得而知里
似乎也早已给出答案

有时
历史的制造者
往往是历史的笑话
只有
历史的缔造者
才算是历史的神话

我是我时间的主人

我很想把自己
沉浸一本书里
并与书里的每一个文字
进行无隙交流
让路过的人看了钦慕
而我并不自知
我尽情享受
书本里的内容
而忘记自己
与书融为一体

有人
情不自禁地过来告诉我
说我认真看书的样子很美
我诧异地望着这位年轻的陌生人
回问，看书不是一件很正常的事吗
他却说，现在已经很少有人捧着书
在这么一个喧嚣的地方

还能看得这么认真入神

天呀
我这才意识到
我的专注力
可以不被外界打扰到
这种程度
不知什么时候
专心致志已是我的习惯
是啊
对于这个敏感的我
在很多时候
能做到目不转睛
毫不顾忌周围环境
我自知
还带着几分傲气
除了专注
更多的是我行我素

我没想去改这习惯
因为时间是宝贵的
我不能因为
那是个公共场所
就可以放弃使用时间
我自认为
除了睡觉时间
可以尽量不去占用
其他任何时间
我都可以用来使用

是啊
珍惜时间
和不珍惜时间
珍惜生命
和不珍惜生命
珍惜机会
和不珍惜机会
珍惜时光
和不珍惜时光
本身就是不同人生
你是你时间里的主人
你如何使用时间
决定着你的命运
时间里全是你自己的人生写真

书里人

我就是那书里的人
你读着读着
就能感受到你自己
也能体会到他人

我就是那书里的人
我在这书里纵马天涯
你在书里看到了我
也似乎看到了自己

我是书里人
你来
我们就交谈交谈吧
你走
我定会送你回味无穷

我是书里的人
就生活在书的世界里
我知道
书会回放我的历程
书在表达我的感慨
书会装下我的世界

我是书里人
活着的时候
我会在书里等你
当然
当我的灵魂和我的肉身
还可以走来走去
看来看去
吃来吃去的时候
你有可能会与我一见

等我老到
灵魂与肉体
彻底分开时
我就要长期活在作品里
你想见我

就到书的世界里找我吧
那时
我就彻底成为书里人
哈哈，活着真好
请珍惜活着的生命

将每一天都活得价值连城

感觉
每一天都价值连城
或每一刻都有价值
这就是我此刻的心境

很好，很好
每一天都过得超有意义
这也给了我莫大的欣慰

人的价值
可以用金钱来衡量
也可以用无价来衡量
但，我更看重
超过金钱的价值取向

金钱固然重要
也只是生活的必需项
但，更有价值
或无价

就显得无比珍贵
或稀缺
我当然更看重后者

将每一天都活得价值连城
已有屈指可数的那些人完成了
我想，这也是我今后的取向
让每一刻都价值连城

小商大政，演绎历史故事

精明的商人
会利用政客赚钱
而政治里不仅有经济
还有服从

精明的政客
会利用政治
让商人为政所用
当精明的商人
与精明的政客相遇时
往往只有相互利用

那种心照不宣的默契
应是各自的最高境界
但，有钱的商人
永远都怕政客

而政客
永远只是利用商人

商人为利益而谋
政客为升官而动
小商大政
演绎历史的故事
丰富了每个时代

您的笑容多像一盏灯

清明节快到了
它让我想起奶奶
对我来说
这是一位伟大的奶奶
一位慈祥的奶奶
一位给我无限关爱的奶奶
她影响了我一生
奶奶，我感怀您的好

奶奶
您是伟岸的
您的坚强
您的胸怀
您的苦难
您的美食
您那慈悲的爱

都在无声地教育我
感染着我
让我想起您时
记住的是您的微笑
是您给了我孩时的温暖
给了我后来的坚强
奶奶，您的笑容多像一盏灯
在我人生的道路上
让我时刻感悟出
您的光芒永存

奶奶，每遇清明节
我会更加怀念您
想您，想到泪流不止
哭成泪人儿
让我深深地体会到
什么是慈悲的关爱
什么是怀念
奶奶，您是我一生中
最值得尊敬的人
您是我生命里
最重要的人之一
有您，才显我的可贵

奶奶
我爱您
我会永远做您最乖的孙女
用来报答您的善举
您的艰辛

您的不易
您的执着
和您那坚韧的品质
是您高尚了我的尊严
您的爱
至今还在我的血液里沸腾不止
奶奶
您永远是我最爱戴的奶奶
您是我一生中要学的榜样

冷漠在你我之间蔓延

不知什么时候
人们变得更加相互冷漠
认识的与认识的冷漠
熟悉的与熟悉的冷漠
甚至，亲情之间也开始冷漠
就更不要说
陌生与陌生之间的冷漠了
而这种从南到北的冷漠
已经蔓延到需要拯救热情

似乎，人们
都在紧张的环境中生活着
节奏感越来越快
有的为权奔波
有的为利奔波

有的为钱奔波
有的为情感奔波
有的为生活所迫
不得不奔波
有的为未来而奔波
这应算是种种原因
但，为什么冷漠会蔓延

人与人之间
这种冷漠已到处弥漫
几乎成为流行趋势
这与生存环境有关联吗
还是这无形的危机感
在迫使人们转移重点关注
如生存的危机感
竞争的危机感
资源的危机感
阶层的危机感
都会引发冷漠与冷淡

我似乎觉得
现在的人们活得更不容易
先觉的人们
已开始掠夺更多的利益
而被挤压的后觉者们
也感觉到了生存的困难
此时
只有少部分人活得淡定
那也是

有了一些底气的资源做支撑
但仍看出他们更加冷静
这是值得关注的问题
因冷漠与漠视仍在蔓延

我大概
是处于两者之间
一会儿忙碌
一会儿悠闲
但，还是感觉出
我的冷漠
也在滋生蔓延
我问我
为什么变得如此冷漠
另一个我
回答了我的提问
今天是立冬
冷漠是冬天里的元素

我的诗太贵

我的诗有点贵
不会低价出手
不会轻易为钱去写
用钱买不到我的作品
出钱还要碰我高不高兴

我的诗有点贵
读不懂的别买
没品位的靠边
会欣赏的超赞
能开心在诗的世界里
我统统纳为知己千年

我的诗真贵
不给还价
还价不卖
我的诗珍贵
想买排队
排了
还请等上十天半月
甚至一年

我的诗太贵
贵得特别离谱
手稿市场奇缺
作者，千金不给一见
只因，仙子任性
只为开心万万年

飞翔需要自己的翅膀

谁的周围都会有这样的人
当我没有离开你时

你想尽一切办法打压加排挤
当我离开你时
你用尽一切不义之词去贬低
这就是某些人的鬼脸
人生需要懂得去识别

知道世上有好人
就把好心放在好人那
你就能感受到彼此的温暖
知道世上有真情
你就把真情留在真情里
你就可以得到彼此的温馨

噢！怎么突然想起
马云那句很励志的话
"今天你对我爱理不理
明天我让你高攀不起"
也许这句话最适合
一只在云端上飞的大鸟

是啊
一只会飞的雄鹰
连山河都在它的俯瞰之下
还会在意小沟小河的阻拦
能飞的大鸟
哪儿都是它辽阔的家园

因为很好，所以更好
只要天空还在

自由翱翔便是最好的选择
飞翔需要自己的翅膀
要问路在何方
能飞的大鸟
哪儿都是它的天下

我在人生低谷的时候

我在人生低谷的时候
看到的是最恶劣的人性
显露出来的也都是
一张张丑恶如鬼的脸
而那时
能遇到善良的人性
真是一种莫大的幸运

当我坚定地
走出人生低谷时
似乎有的人在害怕
有的人在畏惧
我不知道
他们在害怕什么
只是
时不时地有人告诉我
你在成长——你在变化——你在飞翔
那种无形的距离在不断地拉大

我感受到了这种距离
我感觉到了自己的力量
我体验到了飞翔时的感觉
我挣脱了束缚
摆脱了种种牵绊
我终于拥有了自己的梦想
我将为我的梦想奋斗不止

这一年，我想给自己深深地鞠个躬

这一年
付出的是辛苦
得到的是收获

这一年
流出去的是汗水
换回来的是踏实

这一年
是个值得纪念的年份
写满了
这一年成长的记忆

这一年
我又突破了自己
我也认清一些东西

QIXIANGHUA

奇香花

这一年
用拼搏换来了安宁
也发现自己有更多机会

这一年，已不平凡
我想给自己深深地鞠个躬
辛苦啦，亲爱的自己
感谢你！我没有辜负自己

做个真正的自我

我不是那种
必须得到爱
或非要被爱的
我可以无欲无求
即使一无所有
也会生活得很好

我深信
我不是个贪心的人
我可以
放下很多东西
而不去计较得失

那是因为
我走进那段人生
又从那段人生里走出

就一切都变了
我不再是曾经的我

无论
你有没有发现我的变化
或你根本就不知道我的从前
我都已成为现在的我

你喜欢或讨厌
你理解或困惑
都不能改变到我
你所能做的
就是将自己变得更好
而我
还会按着自己的节奏生活

什么是更好
就是你看起来很棒
我感觉出你很好
周围的人
知道或不知道你的人
也都觉得你很好
大概就是这个样子吧

其实，我也不在意这些
好与不好在我的内心深处
我就想做个真正的自我
外界不打扰我
我也不打扰外界

通心桥

世界上
最难建的桥
是通心桥
人心之间
如同峡谷中
对望的两个人
你隔着峡谷望我
我隔着峡谷望你
因没有桥做纽带
只能在对望中
你猜着我，我猜着你
谁也猜不中谁的模样
谁也看不透谁的心思

世界上
最难搭的桥
是知心桥
能搭成的心桥又有几座
所以人人感叹
知音难觅
知己难求
心与心的距离太过遥远

世上那些

真正交到心的朋友
一定是已完工的桥
要想有知己
就建座通心桥
要想有知音
就建座知心桥
要想人生有缤纷
就多建几座连心桥
心桥建多了
人生也就有了温度

晚归

书为伴，诗作陪
微友多多，又限微

工作狂，无改悔
匆匆忙忙，又晚归

天虽冷，热心回
闪烁灯光，天又黑

满天雪，飘飘飞
枣红衣裳，又落白

家最暖，促步急
不知不觉，家已回

我想拥抱海风

我想拥抱绿树
林荫里
那清爽入肺的空气

我想拥抱海风
扑吹而来
那如诉如歌的相遇

我想拥抱阳光
照耀里
那芒满围身的热温

我想化为风
哪怕只是一缕轻风
飞进小溪
与溪水互动一回亲密

我想变成云
坐在云端上
上可攀谈群星众斗
下可俯览山峰作息

然后，然后
再将自己化成雨
让它入海乘风为云

无知不值得赞美

我非常反对
那些赞美无知的人
可能赞美者本身就无知
或者是赞美者别有用心

难道
你们不知道
无知的人
会因为
一块糖果
一根烟
一句话
或一个恣愚
就能不计后果
做出惊天动地的坏事

所以
无知的人
如果
不被良知和道德约束
是很难想象
无知一旦与恶劣的人性结合
无知就能成为罪恶
无知一旦与嫉妒结合

无知也将成为罪恶
无知一旦与一切恶结合
无知就是罪恶的根源

所以
我反对包庇无知
反对纵容无知
我拒绝赞美无知
而是远离无知的人
无知不值得同情
更不值得原谅

我拒绝
赞美无知
但我同情幼稚
因幼稚可以教化
但无知很难改变

当然
幼稚和无知
有时难以分辨
会在同一个人身上出现
而很大一部分人
都处于这种状态

所以
只要活在人群里
就要小心翼翼
因无知的人是可怕的

我是来这个世界观看我的人生

越来越不想要的
开始多了起来
包括物质
包括感情
包括不合时宜的亲情友情等

越来越多地
我更关心我的感受
是否符合我的心愿
是否满足我的意愿
以及所能给我带来的舒心

对于名利这东西
得之坦然
失之豁然
也不必太过用劲
来了笑纳
失了笑送

每日装下一日三餐
每天有能力去做三五件事
每时每刻都有个好心情
心情愉悦便已浩瀚当空

哪有什么复杂事
哪有什么复杂情
哪有什么想不通
满眼满心
装的都是过好每一天
我心我控
我是来这个世界观看我的人生
你也只是顺便看到了我的感悟
我来这个世界是为了观看自己的人生
我也只是顺便看到了你的人生